金庸的江湖師友——作家良朋篇

書名：金庸的江湖師友——作家良朋篇
系列：心一堂　金庸學研究叢書
作者：蔣連根
責任編輯：心一堂金庸學研究叢書編輯室
封面設計：陳劍聰

出版：心一堂有限公司
通訊地址：香港九龍旺角彌敦道610號荷李活商業中心十八樓05-06室
深港讀者服務中心：中國深圳市羅湖區立新路六號羅湖商業大廈負一層008室
電話號碼：(852) 90277110
網址：publish.sunyata.cc
電郵：sunyatabook@gmail.com
網店：http：//book.sunyata.cc
淘宝店地址：https：//shop210782774.taobao.com
微店地址：https：//weidian.com/s/1212826297
臉書：https：//www.facebook.com/sunyatabook
讀者論壇：http：//bbs.sunyata.cc

香港發行：香港聯合書刊物流有限公司
香港新界大埔汀麗路36號中華商務印刷大廈3樓
電話號碼：(852) 2150-2100　傳真號碼：(852) 2407-3062
電郵：info@suplogistics.com.hk

台灣發行：秀威資訊科技股份有限公司
地址：台灣台北市內湖區瑞光路七十六巷六十五號一樓
電話號碼：+886-2-2796-3638　傳真號碼：+886-2-2796-1377
網絡書店：www.bodbooks.com.tw
台灣秀威讀者服務中心：
地址：台灣台北市中山區松江路二〇九號1樓
電話號碼：+886-2-2518-0207
傳真號碼：+886-2-2518-0778
網址：www.govbooks.com.tw

中國大陸發行 零售：深圳心一堂文化傳播有限公司
地址：深圳市羅湖區立新路六號羅湖商業大廈負一層008室
電話號碼：(86) 0755-82224934

版次：二零二零年六月初版

平裝

定價：港幣　一百四十八元正
　　　新台幣　五百九十八元正

國際書號　978-988-8583-32-4

心一堂微店二維碼

心一堂淘寶店二維碼

目錄

總序

《詩經》寫道：「嚶其鳴矣，求其友聲。」鳥兒呼叫也是在尋找友誼，何況人呢！何為「朋友」？就是「同門曰朋，同志曰友；朋友聚居，講習道義」。

莊子講過一則寓言：有兩條魚生活在大海裡，某日，被海水沖到一個淺淺的水溝，只能相互把自己嘴裡的泡沫餵到對方嘴裡生存，這就是成語「相濡以沫」的由來，指的是「少年夫妻老來伴」的夫妻。但是，莊子說，這樣的生活並不是最正常最真實也最無奈的，真實的情況是，海水終於要漫上來，兩條魚也終於要回到屬於它們自己的天地，最後，他們要相忘於江湖。

相忘於江湖，江湖之遠之大，何處是歸處和依靠？人在江湖，總會有許多的無奈、寂寞、冷清。金庸說：「友情是我生命中一種重要之極的寶貴感情。」人生在世，總要或多或少地依靠來自自身以外的各種幫助——父母的養育、師長的教誨、朋友的關愛、社會的鼓勵……所「依」甚廣，所「靠」甚多。

在金庸生命的各個時期，他的身邊總是圍繞着一群人，一群愛他敬他，願意為他無私奉獻，助他一臂之力，在他需要時挺身而出，替他掃平障礙或是進行善後工作的朋友。若是沒有這樣一群鐵桿朋友在身邊，恐怕這個大俠必定當得十分吃力。所以說，金庸的生命離不開他的朋友圈，是一群朋友在背後默默支持他，才讓他成為大俠，在人前光鮮亮麗受人尊重，令人敬仰。也正是這樣一種深厚的情義，才襯托出了大俠的光輝形象。

二十世紀五十年代，在受殖民統治的香港，金庸虛實相間的新派武俠小說大大拓展了香港人閱讀的想像空間，縱深了歷史記憶。武俠行蹤在江南、中原、塞外、大理國、帝都之間鋪展游移；小說裡的人物與思想，在朝與野、涉政與隱退、向心與離心、順從與背叛、大義與私情之間尋求着平衡，思考着普遍的人性和古代歷史的規律。種種時局的因緣際會，在向來被視為「文化沙漠」的香港，開出了一朵絢爛的花。挾一腔豪情，聚千古江山。金庸創造的武俠世界氣勢恢宏、波瀾壯闊，布衣英雄熱血肝膽，重情重義，為國為民，震撼人心！他用豐富的學識和深厚的文化修養，宏大的氣魄和嫻熟的筆法，融歷史傳奇故事，寫華語文化傳奇！讀過金庸作品的人，肯定會在其刀光劍影中體會到友情的濃烈。金庸以生花妙筆描寫了人與人的形形色色的友情，那些路見不平拔刀相助、不打不相識、點頭之交、生死相許、忘年之交、超越性別的知己之交、危難之中的莫逆之交……無一不讓我們深深感動並心嚮往之。那些真情，在關鍵時刻經受住了考驗，變得更加堅不可摧，固若金湯，在經歷了劫難的洗禮後煥發出了人性高潔的光芒。

金庸的武俠小說為什麼能在華人中流行這麼廣泛，影響這麼深遠？究其根本，情節和歷史圖景是一回事，更深層的原因是金庸的武俠小說突出了一個乃至中華民族最關鍵的問題，那就是友誼的最核心問題——義氣！從生死相依到共創江山，從書劍恩仇到武林劍嘯時的惺惺相惜、傾囊相授，這種坦蕩和崇高，讓人看了熱血沸騰，這就是友情加上重義。金庸採取了一個完全不同的角度，他把負面化為正面，他寫神州大地的萬里河山，英雄人物任意馳騁其間，與天下豪傑互相結交，氣味相投，便成莫逆，一同出生入死，共謀大事。生活多麼自由，人生多麼豐富，只要朋友之間有情有義，世上的艱難險詐又有什麼可怕之處？

金庸說：「現在中國最缺乏的就是俠義精神。每個人，都是作為歷史長河中的一名過客，有個小朋友問我，來生願意做男人還是做女人，做郭靖還是做黃蓉？我說，不論做男人也好，做女人也好，都要做一個好人。我的所有作品都是宣揚俠義精神的，本意基本與打打殺殺的『武』無關……我主張現代人學俠義二字，是補課，是主張勇於承擔責任，擁有快意人生。俠義真的是個很遠大很美麗的世界。」「我喜歡那些英雄，不僅僅在口頭上講俠義，而且在遇到困難、危險的時候能夠挺身而出，而不是遇到危險就往後跑，我自己正是這樣努力去做的。遠離危險、躲在後面，這樣卑鄙的人在現實生活中卻有很多。」

金庸在台北參加遠流三十周年的演講時說：「台灣流行崇拜關公，關公的武藝高強沒有話說，但他真正受人崇拜，還在於他講義氣，所以民間社會稱他關公，他的地位和帝王爺同高。義氣在中國社會中是相當重要的品德，外國人和親朋好友講LOVE，中國人講情之外，還講義，所以要有情有義，單單有情是不行的。做生意談不成，沒關係，彼此之間的『義』還是在的，所謂『買賣不成仁義在』。武俠小說不管任何情況，這個『義』是始終維持的，歷史人物或武俠人物，『義』都是很重要的批評標準。」

很多看過金庸小說的人都喜歡去猜測，金庸最像他眾多小說主角的哪一個，是憨厚木訥的郭靖，是飛揚跳脫的楊過，是豪情萬丈的蕭峰，是優柔寡斷的張無忌，還是乖覺油滑的韋小寶……其實，任何一位小說主人公都只是金庸性格的一部分。知遇而知己，是金庸性格的體現。金庸雖然多次老實坦白自己與書中男主角並不相像，「我肯定不是喬峰，也不是陳家洛，更不是韋小寶」，但愛交朋友這一點，倒是毫無二致的。金庸大名滿天下，金庸朋友也是滿天下。

每個人背後都有他的故事，金庸寫的故事已家喻戶曉，而他自己和朋友們的故事，跟他的武俠小說一樣引人入勝。

這就是金庸自個兒的江湖：老師和朋友。——金庸的江湖師友

前言

從通俗小說來講，武俠小說曾經長期為主流文壇所不屑。金庸小說扭轉了這一局面，其作品固然有一些武俠小說的套路，如報仇、尋寶、江湖派系恩怨等，但主人公並非無所不能的大俠，如郭靖面臨家仇國恨困境，楊過面臨情感倫理困境，喬峰面臨身世困境，正是這些主人公的困境，才使得他們身上的俠義凸顯，更能打動人心。

愛看金庸小說的，不乏小說作家，而作家往往是很執拗的，被查禁的書偏偏千方百計找來讀。很多人在學生時代都有廢寢忘食看武俠小說的歲月，甚至有上課時把武俠小說放在課桌裡偷看的經歷。

金庸在他的第一部小說《書劍恩仇錄》中，紅花會的英雄們個個是俠骨柔腸的英雄好漢，但陳家洛是他最喜愛的。在這本書的後記中，金庸提到王國維等人，「他們的性格中都有一些憂鬱色調和悲劇意味，也都帶着幾分不合時宜的執拗。陳家洛身上或許也有一點這幾個人的影子」。這是金庸喜歡陳家洛的原因。「救人危難，奮不顧身，雖受牽累，終無所悔」，這十六字傾入金庸在所有小說中難以表現出的激情，這就是作家群体中所謂「不合時宜的執拗」。

許多「金庸迷」也是「古龍迷」。

心一堂 金庸學研究叢書 8

同行同事同年大先輩
——武俠前輩梁羽生

二〇〇九年一月二十二日，梁羽生在澳洲悉尼病逝。金庸為老友獻上花圈，挽聯上寫道：「同行同事同年大先輩，亦狂亦俠亦文好朋友——自愧不如者：同年弟金庸敬挽。」

既是「大先輩」又是「好朋友」，真是絕妙好聯也！這是金庸對梁羽生的肯定與讚美。金庸以「自愧不如者」落款，既是一種自謙，也暗示了一種「金梁並稱，一時瑜亮」的文壇佳話。

梁羽生和金庸是曾經的同事，同為新派武俠小說的兩大宗師，梁羽生比金庸早兩年涉足武林小說，世人對他倆有「一時瑜亮，難分伯仲」之評，坊間也有「梁金不和」的傳聞。任憑世人如何揣度，梁羽生和金庸在不同的場合都表示過他倆是好朋友。

梁羽生的代表作品有《白發魔女傳》、《七劍下天山》、《萍蹤俠影錄》、《雲海玉弓緣》等。在評價自己的武俠創作地位時，梁羽生曾說：「開風氣也，梁羽生；發揚光大者，金庸。」

梁羽生個子不高，圓圓胖胖，一副慈眉善目的樣子。他是廣西蒙山人，比金庸晚出生一個多月，他們在《大公報》就是同事，那時，一個叫陳文統，一個叫查良鏞。

陳文統到《大公報》的時間比查良鏞稍晚。一九四九年七月，陳文統前往香港《大公報》應聘。筆試內容是翻譯新聞稿，一條是中譯英，另兩條是將路透社與法新社的英文稿譯成中文。主考官正是與他同齡的查良鏞，當時的他是《大公報》國際版的翻譯。

陳文統告訴金庸：他是廣西蒙山人，家境富裕，從嶺南大學畢業後在《嶺南周報》工作。一九四九年初，他所在的「藝文社」舉辦晚會，臨場加插一曲《我們要渡過長江》。當時，國共雙方正在醞釀和談，共方表示「和談不成就要渡江」。這首歌觸及敏感話題，加之《嶺南周報》的政治色彩，陳文統被列入國民黨的緝捕名單。

一九四九年四月，解放軍發動渡江戰役。廣州風聲鶴唳，各大院校提前放假，遣散學生。當時的蒙山仍由國民黨桂系統治，陳文統因名列黑名單，無法返鄉與家人團聚。於是，二十五歲的他懷揣學校的兩封推薦信，南下香港，尋求發展。

（二）

「當時我覺得文統兄的英文合格，才被錄取了。沒想到他的中文比英文好得多，他的中文好得可以做我老師。」查良鏞曾說。

一開始，兩人同在編譯組，專門翻譯英文電訊稿，雙雙嶄露頭角。一九五〇年底，香港《大公報》的子報《新晚報》創刊，他倆分別負責小說版面「天方夜譚」和綜合版面「下午茶座」。

相仿的年齡、相似的愛好，讓查、陳二人很快成為好朋友。當時還是單身青年的他們，住在報社提供的「集體宿舍」裡。這個昔日的棲身之地，給陳文統留下深刻印象。多年後他還他曾清晰講述，娓娓道來：「贊善里位於香港堅道，橫街小巷，毫無特色。附近有點名氣的建築物只是一座中區警署。宿舍是再普通不過的舊樓，樓高四層，四樓連接天台，活動空間較大，環境算是最好的了。當時住在那裡的，年紀最大的是經濟版編輯謝潤身，人稱老謝；年紀最小的是查良鏞，大家都叫他小查。小查在贊善里宿舍住的時間很短，大概只有幾個月。而我一住就是七年。」

而在辦公室裡，陳文統與查良鏞對桌辦公，兩人都很健談，將對方當成自己的「字紙簍」，「把一籮籮的廢話或者不是廢話硬倒給他，就好像把廢紙或者不是廢紙拋擲給『字紙簍』一樣」。

志同道合的二人同樣愛好琴棋書畫。查良鏞只愛圍棋，陳文統則圍棋、象棋都喜歡。一時期，兩人工作、讀書之餘的樂趣就是在一起對弈，在棋盤上殺得天昏地暗。作家聶紺弩在香港時，也常來找他們兩個下圍棋。金庸自述：「我們三人的棋力都很低，可是興趣卻真好，常常一下就是數小時。」以後他們在報上的『棋話』深受棋迷歡迎，互爭雄長、不相上下。他們都是棋迷，深諳其中三昧，並寫進了各自的小說中。晚年他們幾次見面，下棋幾乎成了必有的消遣。一九九四年一月，在悉尼作家節時，他們已十年不見，難得的會面，兩位年屆古稀的老人最有興趣的就是下棋，一下就是兩個小時，直到疲乏，有些頭暈才罷。一九九九年春節期間，梁羽生回香港探親，他們在跑馬地的「雅谷」聚餐，飯後本來也約好下棋，因為那天查良鏞患感冒，感到身體不適，只好作罷。

下棋之外，他們還有一個嗜好就是擺龍門陣，大侃武俠小說。陳文統去世後，查良鏞在一篇悼文中追憶當時情形：「這一段時間是我們兩人交往最多、關係最密切的時候。我們兩人談得最多的是武俠小說。那時文統兄每天下午往往去買二兩孖蒸、四兩燒肉以助談興，一邊飲酒，一邊請我吃肉，興高采烈。」「白羽的《十二金錢鏢》和還珠樓主的《蜀山劍俠傳》。我們都認為，文筆當然是白羽好得多，《十二金錢鏢》乾淨利落，人物栩栩如生，對話言如其人；但《蜀山》內容恣肆，作者異想天開，我們談到綠袍老祖、鳩盤陀等異派人物時，加上自己不少想像，非常合拍。」兩人唾沫橫飛，刀光劍影，當然誰也沒有想到不久以後，他們自己也會操刀上陣寫起武俠小說。

一九五四年一月中旬，香港太極派掌門人吳公儀和白鶴派掌門人陳克夫立下「生死狀」在澳門比武，《新晚報》出「號外」報道比武結果，同時在「天方夜譚」版連載梁羽生的武俠新小說《龍虎鬥京華》，跟着是《草莽龍蛇傳》，大有洛陽紙貴的勢頭。查良鏞曾撰文談過他追隨梁羽生寫作武俠小說的經過：「梁羽生弟是我知交好友，我叨長他一歲，所以稱他一聲老弟。他年紀雖比我輕，但寫武俠小說卻是我的前輩，他在《新晚報》寫《龍虎鬥京華》和《草莽龍蛇傳》時，我是忠實讀者。可是從來沒想自己也會執筆寫這種小說。八個月之前的一天，新晚報編輯和「天方夜譚」的老編忽然向我緊急拉搞，說《草莽》已完，必須有「武俠」一篇頂上。梁羽生此時正在北方，說與他的同門師兄中宵看劍樓主在切磋武藝，所以寫稿之責，非落在我的頭上不可。可是我從來沒有寫過武俠小說啊，甚至任何小說都沒有寫過，所以遲遲不敢答應。但兩位老編都是老友，套用《書劍》中一個比喻，那簡直是章駝子和文四哥之間的交情。好吧，大丈夫說寫就寫，最多寫得不好挨罵，還能要了我的命麼？」

「查良鏞看到梁羽生一舉成名，心裡早就癢癢。但他之前從未寫過武俠，一時棘手，苦思之下，決定從自己最熟悉的家鄉着手，選擇小時候印象最深刻的故事——乾隆身世之謎。他熟讀《三國》，研究歷史，自然知道在故事中引入歷史上的真實人物，就好像給人物披上傳奇的外衣，虛實轉換之間，既令讀者心理上感到親切可信，又令讀者隨作者想像馳騁翱翔。於是，在這基礎上，金庸便虛構了他的第一個主人公——書生俠客陳家洛。

就這樣，查良鏞的第一部武俠小說《書劍恩仇錄》驚開一現，小說將歷史與傳奇融為一體、虛實相間，史筆與詩情相結合，繪出了一幅波瀾壯闊的歷史畫卷。

金庸出世了，「鏞」字拆成兩半就是「金庸」。

《書劍恩仇錄》在《新晚報》「天方夜譚」版連載，從一九五五年二月八日開始，每天一段，到一九五六年九月五日，一直連載了一年零七個月。引起了極大的轟動。

這年十月二十二日，《大公報》副刊《大公園》開闢了「三劍樓隨筆」專欄，所謂「三劍」指的是梁羽生、金庸和陳凡。當《碧血劍》在《商報》連載時，陳凡的武俠小說《風虎雲龍傳》也在《新晚報》「天方夜譚」連載了好一陣子，署名「百劍堂主」。大概沒引起什麼反響，他從此不再寫這類文字，卻和金庸、梁羽生一起被報館同事戲稱為「三劍客」。三人輪流執筆，每天發表一篇，「三劍樓隨筆」一共寫了八十四個題目，他們各寫了二十八篇，總共大約有十四萬字，文史掌故、名人逸事、琴棋書畫、詩詞聯謎、神話武俠、歌舞影劇，上下古今，無所不談。

以副刊編輯與小說作者雙重身份出場的金庸，從此始終堅守着與報紙副刊的平民化視角相吻合的大眾化的創作理念，持續着以報紙售賣為最終目的的武俠創作衝動。

早於金庸成名，素有才子之稱的梁羽生，在自己的作品中融會了儒、道、釋、經史子集、醫卜星相，天文地理，詩詞書畫和民俗風情等，他把這些內容貫注於故事和人物身上，模塑性格，營造氛圍，凸現題旨，寄托情懷，編織情節，使得小說的面貌呈現出鮮明的民族文化色彩。後起的金庸不僅接過了這個方法，在一個傳統氣息被現代商業社會的歐風美雨沖刷得幾無痕跡的香港社會中，更自覺地高舉起傳統文化的大旗，在自己的一連串武俠小說中展示了傳統文化的多姿多彩的面貌，並着力在傳統文化精神與現代文化精神之間架起一座連接古今的橋樑，使得今天的讀者如同遇到了一位稱職的導遊，可以跟着他一步步走進一座中國傳統文化博覽館，去觀摩那些只要拂去歷史的塵埃仍然熠熠生輝的民族文化精魄。可以說，金庸用他的武俠小說，把傳統文化的魅力推向了極致。

從一九五四年到一九八四年的三十年間，梁羽生寫出三十五部小說，一千萬字的刀光劍影。梁羽生自認《萍蹤俠影錄》、《女帝奇英傳》及《雲海玉弓緣》三書是平生代表作。他的小說充分體現出中宵看劍樓主所題名句：「亦狂亦俠真名士，能哭能歌邁俗流」，也可稱之為「名士派武俠先驅」而無愧。雖然他「向西天取經」較白羽晚了十七年，但卻能自出機杼，更上層樓；以「實則虛之，虛則實之」的歷史背景與人物帶動武俠小說的巨輪前進，在劍氣簫心中洋溢着一片歷史感，而將「歷史武俠小說」推向另一個高峰。

（二）

梁羽生和金庸共同扛起了新派武俠小說的大旗。他們雖然是好朋友，但也曾經發生過一場筆戰。一九六六年一月，香港《海光文藝》創刊，登載一篇文章《金庸梁羽生合論》，近兩萬言，署名「佟碩之」。這篇文章比較金庸、梁羽生作品的異同，也分析了二人的優缺點，持論大致客觀公允。例如說金庸是「現代的洋才子」，梁羽生則有濃厚的中國「名士氣味」；雖然二人都「兼通中外」，但金庸受西方文藝（包括電影）的影響較重，而梁羽生受中國傳統文化（包括詩詞、小說、歷史等）的影響較深；雖然同屬「新派作家」，但金庸的故事情節變化多，而梁羽生的寫作手法則比較平淡樸實，雖有伏筆卻不夠曲折離奇。可是，文中不但從武、俠、情等方面批評了金庸，認為金庸寫武功有時候過於離奇怪誕，寫俠義有時候不辨忠奸正邪，寫愛情有時候不顧是非禮儀。

論及金庸在詩詞、回目方面的「缺陷與不足」，佟碩之拈出所謂「宋代才女唱元曲」來作為個案加以平章。文章中寫道：「金庸的小說最鬧笑話的還是詩詞方面，例如在《射鵰英雄傳》中，就出現了『宋代才女唱元曲』的妙事。《射鵰》的女主角黃蓉，在金庸筆下是個絕頂聰明的才女，『漁樵耕讀』這回用了許多篇幅，描寫這位才女的淵博與才華。黃蓉碰見『漁樵耕讀』裡的樵子，那樵子唱了三首牌名『山坡羊』的曲兒，黃蓉也唱了個『山坡羊』答他。樵子唱的三首，一首是『城池俱壞，英雄安在……』二首是『天津橋上，憑欄遙望……』三首是『峰巒如聚，波濤如怒……』這三首『山坡羊』的作者是張養浩，原題第一首是《咸陽懷古》，第二首是《洛陽懷古》，第三首是《潼關懷古》。張養浩元史有傳，在元英宗時曾做到參議中書省事，生於公元一二六九年，卒於公元一三二九年。《射鵰英雄傳》最後以成吉思汗死而結束，成吉思汗死於一二二七年八月十八日，黃蓉與那樵子大唱『山坡羊』之時，成吉思汗都還未死，時間當在一二二七年之前。張養浩在一二六九年才出世，也即是說要在樵子唱他的曲子之後四十多年才出世。黃蓉唱的那首『山坡羊』『青山相待，白雲相愛。……』作者是宋方壺，原題為《道情》。此人年代更在張養浩之後，大約要在黃蓉唱他曲子之後一百年左右才出世……老實說，金庸用了幾乎整整一回的篇幅（比梁羽生之寫唐經天還多得多），寫黃蓉的才華，我是一面讀一面替這位才女難過的。宋人不能唱元曲，這是常識問題，金庸決不會不知道。這也許是由於他一時的粗心，隨手引用，但這麼一來，就損害了他所要着力描寫的『才女』了，豈不令人惋惜！金庸的武俠小說流行最廣，出了常識以外的錯誤影響也較大，所以我比較詳細的指出他這個錯誤。希望金庸以後筆下更多幾分小心。」

平地一聲雷，輿論大嘩。而佟碩之正是梁羽生本人。

逼得金庸不得不應戰，激情寫就一篇《一個「講故事的人」的自白》，回應梁羽生。他自謙之所以寫武俠小說，只當娛人而已，文中，他很含蓄地對梁羽生的批評提出了辯駁，他說：「我以為武俠小說和京戲、評彈、舞蹈、音樂等等相同，主要作用是求賞心悅目，或是悅耳動聽。如果一定要提得高一點來說，那是求表達一種感情，刻畫一種個性，描寫人的生活、生命，或是政治思想、宗教意識、科學上的正誤、道德上的是非等等，不必求統一或關聯。有時候，小說就是小說，不必用做古典文獻研究的功夫去苛求它……」

坊間「梁金不和」的傳聞由此而生。

其實，金庸僅僅是「自白」，並未對梁羽生作出激烈反擊。但我們從後來修訂版的《金庸作品集》來看，金庸對梁羽生的批評是有保留意見的。黃蓉唱元曲那回（第二十九回《黑沼隱女》）回末金庸有自注云：「散曲發源於北宋神宗熙寧、元豐年間，宋金時即已流行民間。惟本回樵子及黃蓉所唱『山坡羊』為元人散曲，係屬晚出。」其意旨大可玩味，如刻意強調「山坡羊」小曲宋金時已有。而在他書中，金庸亦時時對其小說中與史實不符之處加以解釋。如《神鵰俠侶》第三十九回《大戰襄陽》故意錯亂時間、地點，虛構楊過打死蒙哥事，而回末金庸乃特特徵引史料多種，並曰：「為增加小說之興味起見，安排為憲宗攻襄陽不克，中飛石而死，城圍因而得解。」又如《鹿鼎記》第二十一回：「韋小寶心想：『果然是建寧公主。』他知道老皇爺共生六女，五女夭殤，只有這位建寧公主長大，是皇太后親生。」後自注云：「建寧公主其實是清太宗之女，順治之妹。建寧長公主封號也要康熙十六年才封。順治的女兒和碩公主是康熙的姊姊，下嫁鰲拜之姪。但稗官小說不求事事與正史相合，學者通人不必深究。」曰「學者通人」，蓋微諷佟碩之之輩乎？

然而，如梁羽生的兒子陳心宇所說，金梁一直保持着知己朋友的親密，兩位老人是惺惺相惜，英雄敬英雄。

有一次，在美國科羅拉多大學的討論會上，許多人指責梁羽生不該在《金庸梁羽生合論》一文中批評金庸，有人的意見十分嚴厲，認為是人格上的大缺陷。此時，金庸站出來為梁羽生辯護，說明這篇文章是「奉命之作」，不這樣寫不行，批評的意見才平歇了下去。

任職於香港中文大學的楊健思，是梁羽生小說的研究者，也是梁羽生之入室弟子。楊健思對「梁金不和」的傳言相當不滿，斥為「無稽之談」：首先是某些人臆想出來的，然後又拼命在梁羽生與金庸之間尋找蛛絲馬跡。

梁羽生比金庸先寫武俠小說，開創五十年代的「新派武俠小說」之先河。金庸是看了他的一紙風行，才啟發寫武俠小說的念頭。梁羽生的風流文采不在金庸之下，寫的武俠小說比金庸還多，兩人可說是武俠小說界的「一時瑜亮」。不過誰都知道，論到名氣與小說的流行程度，金庸卻有蓋過梁羽生之勢。作為始創人，多年來屈居金庸名氣之下，梁羽生到底有沒有「既生瑜，何生亮」的慨嘆？

一九九四年，在悉尼作家節武俠小說研討會上，梁羽生作了一個令人驚詫的發言，他說：「我頂多只能算是個開風氣的人，真正對武俠小說有很大貢獻的，是今天在座的嘉賓金庸先生……他是中國武俠小說作者中，最善於吸收西方文化，包括寫作技巧在內，把中國武俠小說推到一個新高度的作家。有人將他比作法國的大仲馬，他是可以當之無愧的。」

金庸沒有料到，當初批評他的人如今會給他這樣高的評價。會後，他倆一起吃飯、聊天，還一起下棋。彼此有過不高興，到老了才忽然發現對方是一個難得的朋友，這真的應了那句古話——「不打不相識」。

一九九四年十月，《廣角鏡》刊登金庸的一篇訪問記，提到梁羽生時他語帶謙虛：「梁羽生寫得比我早，他寫了一年多一點我才開始……（我的風頭）蓋不過他，各有各寫法，名聲也差不多……他先成名，我再跟着他，我當他是前輩。」

二〇〇四年，梁羽生在香港接受了《南方人物周刊》記者陳靜的採訪。在那次採訪中，他回憶說，一九六六年，《新晚報》總編輯羅孚讓自己寫了《金庸梁羽生合論》，後來用「佟碩之」的筆名發表。這篇文章談到了兩人的不同：梁羽生是名士氣味甚濃（中國式），而金庸則是現代的「洋才子」。梁羽生受中國傳統文化（包括詩詞、小說、歷史等等）的影響較深，而金庸接受西方文藝（包括電影）的影響較重。「開風氣也，梁羽生，發揚光大者，金庸。」其時，「文革」剛剛爆發，香港的左右翼對立，讓他承受了莫大的壓力。而最大的壓力來自左翼的高層，他們認為梁羽生對金庸評價過高。

梁羽生也再次評點了兩人的寫作：「金庸寫『惡』，寫壞人比寫好人成功，寫邪派比寫正派成功，《書劍恩仇錄》中寫得最精彩的是張召重，寫四大惡人，一個比一個精彩，但寫好人君子，段譽啊，不夠精彩。我自己寫邪派怎麼樣寫，都不夠金庸那麼精彩，我寫名士風流比較有一手。」

當年金庸被梁羽生指摘一番後，表面上含蓄回應，實則非常在意，那時他對詩詞寫作缺乏概念，不識平仄，因此出了不少紕漏。自此，他勉力學詩作詞，決意一雪前恥，故從一九七〇年開始修訂舊作時，不僅改正原本出格的詩詞，還加入不少新的創作。「飛雪連天射白鹿，笑書神俠倚碧鴛」這個對子，是在一九七〇年後才被金庸所提出的，這時的金庸已非吳下阿蒙。用他自己的話來說：「作為詩人、詞人，沒有過去那個學術環境，如果放在清朝，我算是二流詩人，放在元、明，我只算三流詩人，放在唐宋時代，我只能算不入流。不過在現今社會，我的古典詩詞也算一流了。」

梁羽生撰文自詡對於「新派」武俠小說確有「開山劈石之功」，這未免言過其實，因為武俠小說原本是中國通俗文學流裔之一，從形式到內容都無法離開傳統而獨立。誠然，梁羽生進一步發展並提高了武俠小說的文學價值，但畢竟其作品中的「傳統」仍遠多於「創新」；而真正的「新派」則出現在梁羽生寫《七劍下天山》十年之後的台灣——一九六〇年代中期古龍以《鐵血傳奇》（楚留香故事）、《蕭十一郎》、《多情劍客無情劍》等書掀起「新派」武俠狂濤巨浪。

由梁羽生作品改編的電影《七劍下天山》放映後，有人問梁羽生：「您寫得比他早，但似乎還是金庸名氣大一些，為什麼呀？」梁羽生不加思索地回答：「金庸比我寫得好，我佔點便宜，比他寫得早，我是開創武俠小說的人，任何文學應該後勝於前……我常常說，我是全世界第一個知道金庸比梁羽生好的，現在有很多人也這麼說啦！」「我沒有覺得金庸帶給我的是陰影，對於我們兩人在武俠小說上的成就，我的認識是很清楚的。當初我在寫《金庸梁羽生合論》時就曾開宗明義地指出『開風氣者梁羽生，發揚光大者金庸』。大家現在一說到我們倆，都簡稱為『金梁』，金庸排名在前，梁羽生在後。你知道是誰最先提出『金梁』的說法嗎？是我自己。」

（三）

「我本來是從事文史工作的，以偶然的因緣，寫上武俠小說，不知不覺，在刀光劍影之中，已是浪費了將近三十年的光陰。」一九八〇年三月，梁羽生嘆道。四年後，他宣佈「封刀」，退隱江湖。次年九月移居澳大利亞悉尼。

除武俠小說外，梁羽生還出版過散文集《筆花六照》，編寫過聯語集《名聯觀止》，與金庸、陳凡合著過《三劍樓隨筆》。可惜，這些文字被他的三十五部武俠小說所淹沒。

二〇〇四年，梁羽生迎來八十壽辰，有記者專訪他，問他和金庸的關係，他回答：「我現在每次回香港，金庸都會做東請客，他到悉尼來，我也總是會去看他。現在我的家鄉廣西正在建一座梁羽生公園，你知道『梁羽生公園』這幾個字是誰題的嗎？是金庸。」

梁羽生稱金庸是現代的「洋才子」，「雖然寫了很多武林絕學，但他本人卻是一個文質彬彬的書生。金庸的洋，還表現在他的經商上。我們經常開玩笑說，金庸是左手算盤右手筆，雙管齊下很少有人比得上。呵呵。金庸是全才、通才，既有細膩、敏銳的藝術感觸，又精於人世之道，做人而言，可謂爐火純青，蔚為大家。」

梁羽生去世後，金庸非常難過，流了很多眼淚，拿起筆來，寫了一篇文章，悼念老友：「春節剛過，傳來噩耗，梁羽生兄在澳州雪梨（悉尼）病逝。在剛得到消息的前兩天，我妻子樂怡和他夫人通了電話，還把電話交到我手裡，和他說了幾句話。他的聲音很響亮，顯得精神不錯，他說：『金庸，是小查嗎？好，好，你到雪梨來我家吃飯，吃飯後我們下兩盤棋。你不要讓我，我輸好了，沒有關係……身體還好，還好……好，你也保重，保重……』想不到精神還挺旺健，腦筋也很清楚的他，很快就走了。我本來打算春節後去澳州一次，跟他下兩盤棋，再送他幾套棋書，想不到天人永隔，再也聽不到他爽朗的笑聲和濃濁的語言了。」金庸的這個電話是梁羽生接的最後一個電話。

金庸談及兩人的友誼：「我撰寫小說，擬訂回目時常得文統兄指教，而他指教時常悄悄而言，不想旁人聽到。有一次他悄悄跟我說：「盈盈紅燭三生約，霍霍青霜萬里行。」這一聯對仗，平仄都很好。又有一次，他輕輕的說：「你在《三劍樓隨筆》中提到的『秦王破陣樂』，這個秦王不是指秦始皇，而是指唐太宗。指點很輕聲，怕人聽到。現在我公開寫出來，好教人知道：梁羽生指教過金庸，而且金庸欣然受教。」他說，梁羽生人品非常好，不計較，對輸贏不執著，「我不如他」。「我們曾經是同事，每天在一個辦公室裡談武俠小說，非常投緣。」在金庸看來，梁羽生的每一部小說都有「俠氣」。他說：「梁羽生認為武俠小說中，寧可無武不可缺俠，只要有俠氣，不懂武功都沒有關係。」

梁羽生親自增訂的散文集《筆花六照》增修版分為六輯，為武俠小說封筆後的文字，既記武俠因緣、師友軼事、史論典籍，又有談詩品聯、雲遊記趣、棋人棋事。梁羽生還追憶了與陳寅恪、聶紺弩、張季鸞、胡政之、金庸、徐鑄成等人的交往。

在《筆花六照》中，梁羽生多次談到了自己寫武俠小說的緣起，新舊武俠小說的差異等。但是對於「俠」並沒有一個清晰、完整的定義。梁羽生表示，「我與金庸先生都同意『為國為民，俠之大者』，至於怎麼定義『俠』這個概念，並不是三言兩語能解釋清楚的，大家可以從我的作品中去理解我的想法。」對於兩人寫作手法和寫作風格的區別，梁羽生說：「關於這個問題，內地武俠文學研究家陳墨先生的專論中有過闡述，我建議大家去找出陳先生這篇文章讀讀，當有啟發。」

梁羽生的弟子楊健思回憶，梁羽生的著作都是在香港天地圖書有限公司出版的，二〇〇六年十二月，他特意回香港參加天地圖書公司的紀念活動，意外中風。金庸知道後，第一時間到伊麗莎白醫院看望他。金庸去的時候，沒有見到梁羽生的家人，只和梁羽生見了面，有交談，但還是不放心。走的時候，他留下一張紙條，大意是梁羽生在香港是在旅途中，如遇到什麼困難，都告訴他，他一定幫忙。金庸是怕和梁羽生說過後，梁羽生忘記了，留下字條是為了讓家裡人看見。

可見金庸對梁羽生多麼關心。

梁羽生在悉尼病逝後，金庸在《痛悼梁羽生兄》一文中寫道：「他寫名著《雲海玉弓緣》第十二回的回目是：『太息知交天下少，傷心身世淚痕多。』可見他內心的傷心處還多，只因知交無多，旁人不知罷了。」

金庸痛悼梁羽生，寫了一副挽聯自稱「自愧不如者」，他說：「如果他能親眼見到這幅挽聯，相信他一定會很高興。因為他一直都耿耿於懷：『明明金庸是我後輩，但他名氣大過我，所有批評家也都認為他的作品好過我。』我和他同年，如他得知我在挽聯中自稱『自愧不如』，他一定會高興的。他嘴裡會說：『你自謙，自謙，好像下圍棋，你故意讓我，難道我不知道嗎？哈哈。』」

「他還在澳州，手邊沒什麼棋書，只有我從前送給他的《弈理指歸》(施定庵著)《桃花泉弈譜》(范西屏著)等，那是清朝的舊書，中國和日本近年來的新譜他都沒有，我擺幾個新式的譜式給他看，他說：『這麼多新東西，反正我記不住，下你不過，不下了！』把棋枰一推，高高興興地收起了棋，哈哈大笑，倒了半杯酒給我喝。他不論處在什麼環境中，都是高高興興的毫不在乎。我說『自愧不如』，不是『自謙』，是真的『自愧不如』，我決不能像他那樣，即使處在最惡劣的逆境之中，仍是泰然自若，不以為奇，似乎一生以逆境為順境。對別人惡劣的批評，都是付之一笑，漫不在乎。

我知道文統兄一生遭人誤會的地方很多，他都只哈哈一笑，並不在乎，這種寬容的氣度和仁厚待人的作風，我確是遠遠不及，這是天生的好品德，勉強學習模樣也學不來的。」

其實我的棋還是臭棋，和高手對弈，自己擺上四個黑子再說（請對方請四子）。不過和文統兄相比，他已下不過我了，但每次對弈，我還是和他纏得不死不活。前幾年到雪梨他家裡，他拿了一副很破舊的棋子出來，開心地說：『這是你送給我的舊棋，一直要陪我到老死了。』想到這句話，我心中不勝淒然，真希望能再跟他對殺一盤，讓他把我的白子吃掉八十子。」①

① 金庸《痛悼梁羽生兄》，《明報》，二〇〇九年二月一日。

金庸封筆後宗師之位傳位於他
——台灣武俠小說家古龍

當代武俠小說大家，香港有金庸，台灣有古龍。金庸開創了新派武俠，採自中國古典文化，奇妙豐富，自成一家；而古龍是繼金庸之後為武俠小說締造高潮的作家，他的小說是「意在筆先」，俠客的面貌總是鮮明跳躍，開拓了武俠小說的新形式。

金庸是在江湖外寫江湖，而古龍是身在江湖寫江湖。因為從經歷來看，金庸是個十足的文人，而古龍卻充滿了江湖氣。

早在古龍聲名尚未鵲起之際，金庸就認為古龍的作品有過人之處，說他早晚有一天會獲得讀者的賞識。古龍說他最好的朋友有兩個，其中一個就是金庸，所以兩人的友誼應該是非常深厚的。

金庸覺得古龍很直爽，而且很羅曼蒂克，「古龍就是這麼浪漫的人，與他的作品一樣的浪漫，看着過癮」。因而，金庸一九七二年封筆後，主動出讓《明報》這一方陣地，宗師之位傳位於古龍。

（一）

台灣坊間有一種傳說：「古龍」是衝着「金庸」去的，「古」對「金（今）」，「龍」對「庸」。一九五五年，古龍在《晨光》雜誌發表純文學創作的文藝小說《從北國到南國》，使用筆名「古龍」，開始了他的職業寫作生涯。這一年，查良鏞以「金庸」為筆名，創作第一部武俠小說《書劍恩仇錄》，在《新晚報》連載一年，奠定武俠文學基業。

古龍，本名熊耀華。祖籍江西南昌。生肖屬虎，一九三八年六月七日出生於香港，幼時就讀於德聲教會小學，曾住過漢口。十四歲時隨家人漂洋過海，定居台灣，先就讀師院附中初中部，一九五四年秋考上成功中學高中部。這時，父親熊鵬聲因外遇拋棄妻兒，熊耀華便離家出走，成為一名叛逆少年。

十八歲那年的冬天，古龍獨自躑躅在台北市和平東路的黑街上，被無邊的寒冷與寂寞包圍着。碰巧遇到一位古道熱腸的朋友，向他伸出了一雙溫暖的手。古龍便在浦城街上獲得了一處可以遮風避雨的住處，還在國立師範大學找到一份臨時工作。四年裡，白天他替人謄刻臘紙，編輯刊物，以維持自己的生活，夜晚他就讀淡江大學的夜間英語科。大學畢業之後不久，古龍在台北美軍顧問團謀得一份圖書管理員的工作，生活仍然十分清苦。

那一段日子，他常聽別人開玩笑說：「別怕挨餓，大不了改行去寫武俠小說。」當時台灣達章建築的租書業鼎盛，武俠小說的市場需要量極大。古龍想：「我何不試試寫武俠小說看看？說不定可以賺些外快。」古龍的父親曾在年輕時寫過武俠小說，他的書房裡有不少武俠作品，古龍便是那時受到的啟蒙。他看清代近代武俠小說，喜歡《三俠劍》，「二十年前我看這本小說時，只要一看到蔣伯芳亮出他的盤龍棍，我的心就會跳」，同樣的，幼時的武俠閱讀經歷在他心底埋下了種子。於是，一九五九年動筆，他那試驗性的第一部武俠小說《蒼穹神劍》就出版了。

接着，古龍又發表了《孤星傳》、《護花鈴》等十餘部小說。這時，台灣武壇以臥龍生、司馬翎、諸葛青雲為尊，三劍客在出版界呼風喚雨，結盟組織武俠作家沙龍，古龍便混了進去。在了解了古龍的武俠造詣及文筆後，三劍客由於常年約稿不斷，難以一一應付，古龍便頂替上陣，捉刀代筆，並趁機請教學習。尤其是諸葛青雲，可以說是他的入門老師。

從一九六三年起，古龍接連發表了《情人箭》、《大旗英雄傳》、《浣花洗劍錄》、《名劍風流》、《武林外史》和《絕代雙驕》等六部長篇，皆接近或超過百萬字，質感也明顯提升，遂躍登為「四大天王」之一。一九六四年至一九六六年發表的《浣花洗劍錄》向《宮本武藏》等日本時代小說取經，探索武道（天道），另闢武俠蹊徑。《武林外史》奠定古龍武俠小說的「浪子」風味，強化了《名劍風流》的現代感。《絕代雙驕》有明顯的寓言化傾向，是第一部大紅大紫的長篇武俠喜劇。傳為美談的是，香港知名作家倪匡替明報向古龍邀稿《絕代雙驕》，從此，古龍與金庸結識。

一九六七年初，《楚留香傳奇》破繭而出，集武俠、文藝、偵探、推理、寓言於一身，自立門派，樹立起「新派掌門人」的標竿。那年五月，香港發生左派大暴動，暴徒燒死了商業電台廣播員林彬，聲言下一個目標是在《明報》寫社論痛斥暴徒的金庸。君子不立危牆下，金庸借着往外國開新聞會議，離開香港往歐洲避難。臨行前要選擇一位優秀的武俠小說作家，代替他寫小說來填補在《明報》副刊中那個本來刊登《倚天屠龍記》的版位。他看了《楚留香傳奇》之後選中了古龍，吩咐副總編輯潘粵生去台灣商洽這件事。潘粵生不認識古龍，邀《快報》總編輯鄺蔭泉一同到了台北，約古龍至飯店吃飯。潘粵生誠懇地向古龍道明了來意，古龍當然很歡喜，立即答允下來。鄺蔭泉聽說選擇古龍是金庸的主意，認為金庸一定法眼無差，趁此機會邀請古龍也替《快報》寫一篇武俠小說，古龍當然也答應了。自此以後，古龍的武俠小說同時在香港兩張暢銷的報紙刊登，讀者反應十分良好，馬星的報紙也爭着轉載這兩篇小說，印成單行本後亦一紙風行。古龍替《明報》寫的武俠小說，便是《流星蝴蝶劍》，邵逸夫看中了這本小說，向古龍買下改編電影的版權，由倪匡編劇，楚原導演，這部電影於一九七六年在香港上映，十分轟動，開創了武俠電影的又一次高峰，也締造了古龍的電影時代。①

自此，古龍小說如日中天，也開啟了往後十餘年的黃金時代。《多情劍客無情劍》再接再勵，成為武俠史上驚世艷俗的不朽名著。《蕭十一郎》、《歡樂英雄》、《大人物》、《七種武器》系列、《三少爺的劍》、《白玉老虎》、《碧血洗銀槍》和《英雄無淚》等作品均廣受歡迎，幾乎每一部都被改編為影視作品。八十年代，鄭少秋主演的港劇《楚留香傳奇》在台灣播映時盛況空前，「滿城爭說楚留香」，成為台灣電視史上的經典作品。因此，古龍自七十年代晚期即投入影劇事業，與好友倪匡、導演楚原經常合作，掛名之作品不下數十部，一九八〇年甚至創辦了寶龍電影公司。這顯然有助於小說文本的激發和創新。

很快，古龍與三劍客齊名，奠定了台灣「四大天王」的地位。這時期，金庸每到台灣就會邀古龍一塊吃飯、喝酒，聊武俠，說電影。兩人也常跨海打電話，訴說寂寞，有時從午後一直聊到天昏地暗。

① 燕青《古龍的濃縮人生》，香港《武俠世界》，一九九七年八月號。

（二）

一九七二年，金庸的封筆之作《鹿鼎記》在《明報》的連載行將結束。他寫信向古龍約稿，請他為《明報》連載武俠小說。知名武俠小說研究者陳墨說，古龍的朋友于東樓曾告訴他，古龍接到金庸來信時，于東樓正好在場。那時古龍名頭正盛，來函很多，也來不及細看，他漫不經心地讓于東樓將信拆開，看看到底是哪個「家伙」從香港寫信給他。結果是金庸的約稿信，古龍讀罷這封信，難以置信，澡也不洗了，「光着身子躺在椅子上，半天不說一句話」。此後，古龍即開始為明報撰寫《陸小鳳系列》，在《明報》連載獲得空前成功。金庸既是古龍的文壇前輩，也是他的競爭對手，金庸願意主動出讓《明報》這一方陣地，讓他發表代表作，這實在是值得銘記終生的。古龍說，金庸是前輩，他自己與前輩還有某種差距。

對於古龍，金庸表示了很大程度的認可。古龍是一個專業的武俠小說作家，他是靠寫武俠謀生吃飯的，而武俠創作對金庸來說，還只是一個副業性的工作。金庸的作品，是經過了十分精細的修改和琢磨的，而古龍的作品大都是在很短的時間內一氣呵成的創作完成的，從來沒有修改過。金庸作品整體的精緻性，人物的完整性使得其作品的閱讀構成了一種完整的體驗。而從作品的整體來說，古龍作品在創作水平上起伏很大，即使是一部作品裡，不同的部分往往也有很大的差異，在文字、情節、人物上有比較大的修改空間。這也就使得古龍作品裡一些很精彩的作品和部分受到了影響，形成的是一種殘缺的美，不能不影響了讀者的閱讀興趣。

然而，時過兩年，古龍的《天涯明月刀》嶄新「出鞘」。古龍後來說：「而一部在我這一生中使我覺得最痛苦，受到的挫折最大的便是《天涯明月刀》。因為那時候我一直想求新、求變、求突破，我自己也不知是想突破別人還是想突破自己，可是我知道我的確突破了一樣東西——我的口袋。我自己的口袋。在那段時候唯一被我突『破』了的東西，就是我本來還有一點『銀子』可以放進去的口袋。」①

金庸是個不折不扣的大師，從《書劍》到《射鵰》到《天龍》到《鹿鼎記》，他把「俠」的內核挖掘得一乾二淨，幾乎斷了後人武俠創作的後路。可是，古龍仍在求新求變，他劍走偏鋒，在形式上不拘一格。從書寫人性入手，幾乎完全拋開歷史，而在純粹的江湖背景中敘說純粹的江湖傳奇故事。他多用詩化的短句，武打時不再拘泥細膩招式，而是渲染氣氛，集中爆發，一招了賬。其次，他形成了獨特的敘事模式，多採用電影中蒙太奇的鏡頭剪切手法。

金庸小說其實不庸，化腐朽為神奇，集舊派武俠為大成；古龍小說更非古，辟蹊徑而另成峰，

① 古龍《一個作家的成長與轉變》，《大旗英雄傳·序》，珠海出版社，二〇〇五。

成新派武俠之宗師。讀金庸的小說如小火爐煮水，慢溫慢熱，到精彩處便若沸水翻騰；而古龍的小說卻若大作坊釀酒，一舉火便濃香四溢，令人垂涎欲醉，至完方休。金庸小說為正，古龍小說為奇，奇正相合，方有如此神奇一個武俠世界。

金庸曾笑稱自己的小說數量沒有古龍的多，不像古龍，可以把一部作品中的故事情節反覆寫成別的小說——精彩！

其實，自新派武俠小說在民間暢銷以來，金庸與古龍的作品始終是最受讀者歡迎的，倆人在新派武俠小說家中可謂一時瑜亮，難分高下。金庸的武俠作品一共十四部，古龍則近五十部，金庸的小說數量雖少，但態度嚴謹，古典文化的修養很深，兼以除了當作家之外還是《明報》集團的老板，中年之後無衣食之憂，所以作品一改再改，花在修訂上的時間幾乎與創作時間相仿，作品呈現出的質量與水平較為均衡。而古龍則一生純靠賣文為生，早期一些作品模仿痕跡頗重，直到寫出《絕代雙嬌》之後，才步入一流大家的行列。加之古龍本人任性嗜酒，成名後的小說也未必部部都精，更是英年早逝，便不像金庸那樣有時間和機會對作品細細修訂，故作品的整體水準不均衡，唯此難以與金庸相匹。但古龍小說改編成電影，至少幾百部了，單單楚原就拍了幾十部古龍電影。港台武俠電影，絕大多數是古龍風格，連王家衛的《東邪西毒》，也只是套用金庸的名字，實質上是純粹的古龍風格。

《天涯明月刀》在在《中國時報》連載時，倪匡感嘆道：「在古龍武俠小說出現之前，金庸是眾人模仿的對象，但只有古龍能突破金庸的模式而另創一種新風格。他的作品構思奇特，人物性格鮮明，如陸小鳳、楚留香等，都相當精彩，膾炙人口，人物富有浪漫色彩和激情。」

倪匡是古龍非常好的朋友，古龍生活困難時，他給過錢，古龍被砍傷，他送去醫院，古龍小說斷檔時，他還幫忙寫過。

倪匡先後給金庸和古龍代過筆，但古龍的處理方式跟金庸不同。倪匡代金庸寫《天龍八部》，將阿紫的眼睛弄瞎了，金庸不開心，卻設法用故事來圓滿。而古龍寫《絕代雙驕》時中途臨時有事，報社又催得緊，就找了倪匡代筆。倪匡一寫寫了十萬字，古龍回來後，不知道從何寫起，他就說小魚兒做了一個夢，那十萬字是一場虛夢。小魚兒的夢醒了，就接着以前的段落往下寫。這樣一來，倪匡辛辛苦苦寫的十萬字，被古龍一句話就「沒有」了。跟金庸一樣，倪匡幫忙代寫的部分，只在報社的連載裡有，到正式出版的書裡都被刪乾淨了。

金庸向古龍電話約稿，古龍對金庸說：「我計劃寫一系列的短篇，總題叫做『大武俠時代』，我選擇以明朝做背景，寫那個時代裡許多動人的武俠篇章，每一篇都可以獨立來看，卻互相間都有關聯，獨立看，是短篇；合起來看，是長篇，在武俠小說裡這是個新的寫作方法。」他所以想到這種改變，一是自己的體力也無法熬着寫長篇；二是時代變了，現代人的生活已經沒有人有耐心看連載的長篇。「以前寫連載，有時寫到八百多天才登完一個故事，寫的人有稿費可拿都很煩了，何況是看的人呢？武俠小說不得不變，短篇可能是一條路，它可以更講結構，更乾淨、更利落。」①

直到生命的最後一刻，他還在不斷超越自己，儘管最後還是沒有完成那個《大武俠時代》（即《獵鷹賭局》）。這大概是金庸喜歡古龍並宗師傳位的一個主要原因。

沈西城曾經評論香港的武俠小說創作境況：「香港因寫武俠小說住上半山豪宅的，惟有金庸一人。這當然因為查先生才華高蹈，下筆嚴謹，視野寬闊，當然也因為他善於經營自己，再換一句話叫愛惜羽毛。一將功成萬骨枯，同時代那麼多富有才華的武俠小說家為何後來一直默默無聞，不得人知呢？這裡有兩個原因，一是作品稀少，二是作品粗糙。」他不無惋惜地說：「當然也有另類的，是因為活得不夠長，比如古龍。」

① 林清玄《古龍的最後境界與願望》，載《不看，是一種自在》，九州出版社，二〇一七。

（三）

「冰比冰水冰」是一樁武俠公案。話說這樁公案的大多數版本是這樣的：古龍出了一個「冰比冰水冰」的上聯，堪稱「絕對」，難住了倪匡和金庸，金庸臉上很是掛不住，以「此聯不通」推搪了事。

古龍是這樣說的：有一天深夜，我和倪匡喝酒，也不知道是喝第幾千幾百次酒了，也不知道說了多少鳥不生蛋讓人哭笑不得的話。不同的是，那一天我還是提出了一個連母雞都不生蛋的上聯要倪匡對下聯。這個上聯是：「冰比冰水冰。」冰一定比冰水冰的，冰溶為水之後，溫度已經升高了。水一定要在達到冰點之後，才會結為冰。所以這個世界上任何一種水，都不會比「冰」更冰。這個上聯是非常有學問的，六個字裡居然有三個冰字，第一個「冰」字，是名詞，第二個冰字是形容詞，第三個也是。

「我想不出，倪匡也想不出。奇怪的是，金庸在聽到這個上聯後，也像他平常思考很多別的問題一樣，思考了很久，然後只說了四個字：此聯不通。聽到這四個字，我開心極了，因為我知道『此聯不通』這句話的意思，就是說：『我也對不出。』金庸先生深思睿智，倪匡先生敏銳捷才，在這種情況下，如果能有一個人對得出『冰比冰水冰』這個下聯來，而且對得妥切，金庸、倪匡和我都願意致贈我們的親筆簽名著作一部，作為我們對此君的敬意。」①

可是，這個俠界文壇傳播很久的金古PK，究竟是不是真的呢？

金庸是不承認的。他在一九九四年一月的《金庸作品集（三聯版）序》和二〇〇二年四月的《「金庸作品集」（廣州版）新序》中都是這樣說：「有些翻版本中，還說我和古龍、倪匡合出了一個上聯『冰比冰水冰』徵對，真正是大開玩笑了。漢語的對聯有一定規律，上聯的末一字通常是仄聲，以便下聯以平聲結尾，但『冰』字屬蒸韻，是平聲。我們不會出這樣的上聯徵對。大陸地區有許許多多讀者寄了下聯給我，大家浪費時間心力。」

從古龍的文章中得知，古龍確實出了這麼一個「冰水」上聯，是在與倪匡喝酒的時候出的，當時金庸並不在場，所以，金庸否定了「合出」和「徵對」。於是，江湖上以訛傳訛，成了金、古、倪三人對座喝酒，古龍出上聯，直接秒殺金庸的傳奇。

古龍常到金庸家做客，金庸也常到古龍家看望古龍。古龍說他最好的朋友有兩個，其中一個就是金庸，所以兩人的友誼應該是非常深厚的。

有一次，古龍和金庸與日本的出版商談論新書事宜。古龍發現對方在客氣的外表下總透着一

① 《金庸痛失一位好友》，《光華日報》，一九八五年九月二十六日。

股傲慢，尤其瞧不起中國當代文學。酒過三巡，對方的酒興漸漸高漲起來，不停地催服務生上清酒。古龍和金庸兩人都有些不勝酒力，開始推辭起來。不料，對方忽然露出了鄙夷的神色：「你們中國的小說家也不過如此嘛！」金庸緊張地看着血氣方剛的古龍。讓他沒想到的是，古龍並沒有暴跳如雷，而是走出房間取來三個臉盆擺在大家面前，然後在盆裡倒滿清酒：「來，用這個，乾！」說着，古龍端起盆，仰頭猛灌起來，日本出版商看得傻了眼。古龍喝到一半，對方忙跑過來拉住他：「古先生，我佩服你！不要再喝了！」

事後，日本出版商再也沒有過傲慢的表現。金庸問酒醒後的古龍，真的能喝得下那麼多酒嗎？古龍憨笑着告訴他，其實自己也喝不了那麼多酒，只是他覺得，對善待自己的人，自己就必須還以善良；對輕視自己的人，就必須堅決反擊，何況是事關作家的尊嚴和民族感情。

金庸曾說：「古龍為人豪爽，我們每次在台灣相聚，都很開心。但是古龍太嗜酒，不顧健康，損失了寶貴的生命，很可惜。」二〇〇三年，金庸來到廣州中大演講，談到與古龍的交往，他說：「古龍是江西人，個性有點俠氣，我就沒有。他喝酒多年，所以年輕時就去世了。與他交往，我認為他與武俠生活相近，有次他不願與一幫人喝酒，結果被人砍傷手臂。而我是規規矩矩地做學者，他與我平時談天說地很好，要生活在一起不容易。」①

①《金庸訪談錄》，內蒙古人民出版社，二〇〇三。

金庸提及的「喝酒」便是「吟松閣事件」，導致古龍英年早逝。一九八〇年，當年寶龍影業的開業影片剛剛殺青，古龍手下一個小弟提議去北投吟松閣（風月之地）喝酒，恰好武行出身的柯俊雄（有黑幫背景）也帶着一幫小弟在場。古與柯各處一室，小弟們守在外面。雙方喝高興了之後，柯的小弟讓古龍去敬酒，因古龍名氣遠大過柯，雙方一言不合便吵了起來。當時台灣黑道多以日本武士刀和扁鑽裝備，古龍在雅室內聽到動靜出來，柯底下的小弟一緊張亮出扁鑽，傷到了古龍臂上大動脈，登時血流不止昏死過去。據說古龍送往醫院後，失血太多，醫院庫存不夠，不得不往黑市購血，誤輸入混有肝炎病毒的血液，就此感染。五年後，古龍因肝硬化引起食道瘤大出血，撒手人寰。

一九八五年九月二十一日，四十七歲的古龍留下一句「人在江湖，身不由己」的名言而仙去。因為喝酒喪命的古龍讓金庸三天都說不出來話。後來還是說了一句話：「江湖險惡，才子多情。自古才子多風流，風流之人多災難，這話不得不信。」

金庸有祭古龍的手跡：「古龍兄為人慷慨豪邁、跌蕩自如，變化多端，文如其人，且復多奇氣。惜英年早逝，余與古兄當年交好，且喜讀其書，今既不見其人，又無新作可讀，深自悼惜。」

曾經當年「龍鵰之戰」
——武俠作家張夢還

武俠小說界除了金梁古溫四大家以外，還有不少名家，如香港就有張夢還，曾經與金庸論劍，武林爭霸，「戰況」之激烈，被傳播界稱為「龍鵰之戰」。

在香港眾多武俠作家中，張夢還的文字功力直追金庸，而與梁羽生在伯仲之間。其爭奪武學秘籍而導致各大門派對立的寫法則別開生面，領先潮流，當與金庸首創爭奪「天下第一」的寫法有異曲同工之妙——雖然此後這種「花招」被人一用再用而流於公式化。他結集出版的武俠小說共有十二部，盡皆新派武俠的經典之作。

（一）

一九五七年一月一日，《香港商報》開始連載金庸的《射鵰英雄傳》，風頭正足時，《武俠小說周報》以張夢還的《沉劍飛龍記》搶奪讀者。霎時，香港升起兩道冲霄劍氣，那就是金庸和張夢還兩位小說家的崛起武林。

三年前，《新晚報》發表梁羽生的《龍虎鬥京華》，以一場擂台爭勝贏得了全港轟動，人稱「新派」武俠小說。而後梁羽生又續以《草莽龍蛇傳》，兩部小說一前一後，使報紙的銷量驟增，然而，在這緊要關頭，梁羽生卻突然終止創作，向報社推薦金庸。而金庸亦不負眾望，一部《書劍恩仇錄》尚未寫畢，就有《香港商報》上門邀稿，如此遂有金庸的第二部小說《碧血劍》。直到《碧血劍》發表九個月後，《書劍恩仇錄》才告結束。《碧血劍》年底結束，次年的第一天，《射鵰英雄傳》就見報了。依然是《香港商報》，依然是金庸的小說，內容和主題卻有了天壤之別。

《射鵰英雄傳》一出，鬼神震驚，風頭很快蓋過了梁羽生的《七劍下天山》。由於反響奇佳，其他報刊群起仿效，紛紛尋訪「武林高手」。原本服務於文化界的張夢還，立即棄文從「武」，策馬揮戈，躍上武俠文壇。

一九五九年春天，南湘野叟的長篇武俠小說《玉珮銀鈴》風行一時。這部後來被小說史家葉洪生在「奇幻仙俠派」裡點名的作品，激起了張夢還的寫作動機。張夢還從小嗜愛武俠小說，憑着滿腔熱誠，執筆寫了《沉劍飛龍記》。小說以明初學士方孝儒後人方龍竹復仇故事為經，武林門戶之爭為緯，文情跌宕有致，狀聲狀物均極見精神。

金庸寫《射鵰》，張夢還寫《飛龍》，幾乎同時落筆，純屬巧合。

此前，金庸的兩部長篇《書劍恩仇錄》和《碧血劍》都未臻成熟，雖然寫法絕妙、扣人心弦，畢竟不夠淋漓酣暢；只有《射鵰》才是金庸的第一部超重量級的巨著。小說以宋、金、蒙古三國對峙作為背景。南宋偏安，君臣昏聵，朝政日衰。大金國虎視眈眈，而蒙古雄鷹成吉思汗表面聯宋伐金，但暗地則醞釀着一統江山的野心。靖康之恥陰影下的中原江湖，武林至寶《武穆遺書》和《九陰真經》成為人們匡扶大宋江山、追求武學顛峰的寄托和目標。東邪、西毒、南帝、北丐四大絕世高人，以及全真派、丐幫等數大門派紛紛捲入其中……忠良之後、成吉思汗的「金刀駙馬」少年郭靖承母命從蒙古草原南下尋找殺父仇人，他偶遇桃花島主「東邪」黃藥師的女兒黃蓉，兩人一見傾心，結伴闖蕩江湖。在聰慧機敏的黃蓉的扶助下，憨厚樸實的郭靖遍識天下高人，並拜得丐幫幫主「北丐」洪七公為師，得七公傳授武林絕學「降龍十八掌」。在機緣巧合下，郭靖又得「九陰真經」與「武穆遺書」，卓然成為一代大俠和用兵大家，他在飽覽南宋人民遭受的家國之苦後，立誓報國。這位昔日淳樸憨厚、木訥愚鈍的射鵰英雄終於成為上華山論劍、救襄陽國難、為國為民、充滿浩然正氣的英雄人物……

《射鵰英雄傳》一露臉，立刻引來喝彩不絕。當時在台灣聲名鵲起的武俠奇才古龍也忍不住追讀，可因人在寶島無法購買《香港商報》，便請人將每日報紙上的更新內容用電報發給自己。這件事也成為坊間最為讀者們津津樂道的趣事，《射鵰英雄傳》的巨大魅力由此可見一斑！

《射鵰英雄傳》連載紅火之時，一九五七年《武俠小說周報》創刊，將張夢還的《沉劍飛龍記》作為扛鼎之作。開頭第一期連載已經非常驚艷：「在西南的貴州省內，距離苗山約上十天路程的一個荒村小店裡，這天來了一老一少兩人。這老人年紀六十歲光景，穿一襲布袍，相貌清奇，精神矍鑠。那小童大約只有十四五歲，長得尖臉削腮，活像一個猴子；可是兩眼精光四射，一看就知道是個聰明頑皮的孩子，這兩人沒帶什麼行裝，通共只有一個小包袱，由那小童背着。包袱裡又露出一把劍的劍柄，令人容易猜到他們是武林人物……原來這老者乃是名滿江湖的怪俠，姓盧名吟楓、外號人稱鬧天宮，乃是天台劍派名家……」

故事跌宕有致，既有還珠樓主的仙俠意境，又有王度廬的慷慨悲情。

張夢還的《沉劍飛龍記》篇幅不長，四十餘萬字左右，主要敘述的是，明初大儒方孝孺之後、南海島主方繼祖，因其手下吳璧、吳璞兄弟勸其放棄反明，以致雙方反目，吳氏兄弟誤傷其命，方繼祖之妻林詠秋負傷而逃，在西湖邊客棧產下一子後身亡，臨終之際，其子方靈竹被路過的崑崙掌教門赤陽子所救，並收入門下。十八年後，方龍竹與其姐方靈潔下山，到苗疆碧雲莊找吳氏兄弟尋仇。恰值吳璞壽誕之日，華山、點蒼、泰山等派好友至碧雲莊為之賀壽，雙方展開比試，方龍竹與方靈潔接連打傷各派高手，各派與崑崙派結怨。後武當掌門臥雲道長派大弟子俞一清持書調解，卻又與方氏姐弟的師姐徐霜眉發生衝突，俞一清一怒之下，離開碧雲莊，而後吳璧身死，吳璞逃走。至此，崑崙派幾成武林公敵。隨後各派議定，在泰山召開武林大會評定是非，最後各方在泰山頂化干戈為玉帛。此書故事情節跌宕起伏，幾無冷場，十分引人入勝。

此書雖然寫的是明朝初年的事情，但是除了雙方結怨的原因之外，其實是純寫江湖恩怨，武林爭鬥。衝突焦點有兩個，一是方家姐弟向碧雲莊的吳氏兄弟尋仇；二是崑崙派與武林各派之間的衝突矛盾。

一部小說成功與否，與其筆下塑造的人物是否鮮活息息相關。在《沉劍飛龍記》這部書中，張夢還塑造出大量人物，這些人物性格各異，氣質不同，如盧吟楓的古道熱腸；甘明的頑皮好面子，卻又頗具俠義心腸；臥雲道長淡泊名利等。張夢還都能夠恰如其分的表現出其性格氣質，使人物形象生動傳神，如在眼前，此等功力，絕非庸手能為。然而奇的是，這部書中，衝突的雙方，沒有絕對的正反派之分，看似正派的人物，其行為頗有可議之處，而看似反派的人物，其遭遇亦頗有可憫之處。

在《沉劍飛龍記》中，張夢還以爭奪武學秘籍而導致各大門派對立的寫法而別開生面，領先潮流。一九四九年，近三百萬軍民湧入台灣，數十萬人湧進彈丸小島的香港。這批萬里投荒的遊子，在他鄉草建家園，生活雖日趨安定，但精神食糧仍極貧乏，於是，一些藏在箱底、渡海而來的武俠小說和言情小說就被當做奇貨般的搜求出來，加以翻印出售。一時間，台港兩地的書攤以及剛興起的小說出租店都擺滿這些翻印版本的武俠小說。這批寄旅天涯的遊子，就全靠這些俠義恩仇、才子佳人的故事來排遣那滿懷鄉思、無盡離愁。隨後有一段時用，台灣當局為了「安內」、為了防止「思鄉毒素」影響「民心士氣」，許多新舊小說在「暴雨專案」之下遭到封殺，包括香港版的武俠小說不能談「剪除貪官污吏」、不能提「朝代興亡」、不能「引起思家、思鄉」等。這時，武俠小說裡的俠客，既無貪官可除，當然毋庸「替天行道」，只好一個個去挖「寶藏」了，被人詬病為「武而不俠」，甚至乾脆將時代背景全拋開，而進入一個「不知今夕何年」的迷離幻境。在此禁忌下，張夢還另闢新徑，在《沉劍飛龍記》中設置了一個各家門派爭奪武學秘笈的懸念。後來，眾多寫手仿效，門派爭鬥奪武學秘笈也就成了武俠小說的流行「秘笈」。①

出版商人南華館的孫老板，讀到《沉劍飛龍記》心情澎湃，難以抑制地發表文章稱：「《飛龍》的作者，張夢還的境界之高，足以開宗立派。我敢說，爭奪武學秘笈是小說類型的一個全新的突破，

① 胡正群《神州劍氣升海上》，《台港新派武說精品大展》總序，一九九三。

一個集文學、武學於一身的新武俠小說宣告誕生了……」

在小說連載之前，《武俠小說周報》只能賣出三萬份，而在張夢還的《沉劍飛龍記》連載之後，周報的銷量節節攀升。連載的第一周，周報能賣出七萬五千份，等到《飛龍》連載三萬字之後，周報發行量已經超過了十萬份。而到了《飛龍》連載到六萬多字，周報的發行量已經打破了歷史記錄，達到十二萬份的新高。整個香港，媒體、各大出版業人士，幾乎沒有不議論《沉劍飛龍記》和張夢還的。

張夢還的「天罡三十六總參」，實可與金庸的「九陰真經」相互輝映，一時間，《飛龍》與《射鵰》招來式往，各顯神通，鬥到了白熱化的程度，時人稱之曰「龍鵰之戰」。①

畢竟，金庸才是武俠的真命天子，下筆如有神，越寫越漂亮，終以一部《射鵰》橫掃千軍，一統江湖，登上了武林盟主的寶座。誠然，以通俗文學所要求的可讀性與趣味性而言，《射鵰》除若干情節未能自圓其說外，無疑具備了一切成功的條件——其故事之曲折離奇，人物之多種多樣、武功之出神入化乃至寫情之真摯自然，均為同輩作家所不及；即或偶有敗筆，亦瑕不掩瑜。在這部罕見的　着中，金庸將歷史、武俠、冒險、傳奇、兵法、戰陣與中國固有忠孝節義觀念共冶於

① 沈西城《被遺忘的武俠作家張夢還》，轉引自《天涯論壇》，二〇一四年七月十七日。

一爐；信筆揮灑，已至隨心所欲的地步。

金庸以《射鵰英雄傳》一書建立了他在當代武俠小說界的權威地位。雖然他自己並不滿意這部「開宗立派」之作——七十年代初曾大事修改，增刪為今傳之四十回新版本，頗失原味——但持平而論，此後他力求自我突破、創新的武俠名著，儘管各有聲華驚海宇，然以通俗文學所要表達的生命意義、價值及其整體規模、氣象來看，均不逮《射鵰》之博大精深。

《射鵰英雄傳》在《香港商報》連載了兩年四個月之久，至一九五九年五月十九日才結束收尾。其間，可惜了張夢還，《武俠小說周報》猝然停刊，《沉劍飛龍記》只能虎頭蛇尾，草草收場了，影響大大削弱。

不過，作為張夢還代表作的《沉劍飛龍記》，的確稱得上是武俠名著。除了故事情節精彩、人物塑造較為成功外，文字功力亦直追金庸。在港台眾多的武俠小說作家中，以文筆典雅凝練著稱的不過數人而已，如眾所周知的梁羽生和金庸，而張夢還亦為個中翹楚。該書寫景狀物極見精神，武打場面扣人心弦，體現了作者深厚的文字功力。

一九五八年五月，二十三四十萬言的《沉劍飛龍記》由香港武林出版社結集出版，香港作家于式在序文中說：「張夢還先生的《沉劍飛龍記》，曾在《武俠小說周報》連載過數萬言；後來周報停刊，各地讀者莫不深表惋惜，特別以不能讀完《沉劍飛龍記》為憾，現在單行本問世，全書將陸續刊行。這本書在張先生的作品中，固然是精彩的傑作，即放在全部武俠小說作品中來看，也是有超邁群倫之地位的。原因是《沉劍飛龍記》是能兼取各派之長的武俠小說；在某一個意義上，它最接近武俠文學的標準。」①

後來，金庸主持明窗出版社時將此小說再版，易名為《碧雲恩仇記》，取自故事發生在碧雲莊，以莊為名，分上下兩卷。

可是，金庸這座山太高，與他同時代的武俠小說作家是不幸的，如張夢還或以主觀條件不足，便難以為之，此後只能遵循既往「幫會技擊派」的路數，在江湖仇殺中討生活了。

（二）

金庸真不愧是天縱英才，聰明絕頂。「龍鵰之戰」之後，他一看香港行情，自不甘為人作嫁衣，遂於一九五九年毅然創辦《明報》，次年又創辦了香港第三本武俠雜誌《武俠與歷史》，他的《飛狐外傳》連載於此。

① 于式《沉劍飛龍記序》，香港武林出版社，一九五八年。

一九六一年臘月初，張夢還穿過幾條人潮人海的街道，步行來到中環德輔道中。這是《明報》早期的社址。

怔怔出神之間，張夢還忽然被喚聲驚醒。

「請問，您有事嗎？」接待員是一名三十多歲的女子，端莊而儒雅。

張夢還有點緊張地說道：「前些日子，我收到查先生的信，他說《明報》旗下《武俠與歷史》在徵稿，尋找武俠小說作者，讓我投稿給他，所以……我就寫了一部稿子，想要交給他。」

「是嗎？」女接待員保持職業性的微笑。

張夢還有點尷尬地笑了笑，道：「請問，我能夠親自遞稿給查先生嗎？」在這之前他還沒有見過金庸。

女子微笑道：「稿子給我就可以了，我會幫你轉到他手中的。」

不能親自遞稿給金庸，張夢還難免有點失望。

「那麼，需要多久，才能夠回覆呢？」張夢還好奇地東張西望，希望從中發現金庸、倪匡之類的重量級人物。

「一個星期吧，如果你的稿子合適，查先生會在一周以內跟您聯繫。」這位端莊美麗的接待員已經顯得有點不耐煩了。

「哦，非常感謝，這是我的家庭住址和電話號碼，放在稿子第一頁。」張夢還解釋道。帶着忐忑不安的心情，張夢還離開了明報社。

過了兩天，張夢還正忙着過臘八節。電話鈴響了，是金庸打來的電話。這個年代，電話機在香港也是奢侈品，很多的普通家庭，如果不是工作必須使用到家庭電話，就根本不會安裝電話。如果換做以前，張夢還是無論如何也不會考慮去安裝這件奢侈品的。不過，「龍鵰之戰」後他成為武俠小說名家了，沒有這部電話還真不方便。

「張先生，我讀了你的《青靈八女俠》前兩回，我們見面商量一下，好嗎？」金庸開門見山說道。

第二天早上，張夢還早早地來到了金庸的家中。「你來了，張先生！」金庸臉上帶着笑意：「吃過沒有？」

張夢還一愣說道：「路上吃了一碗餃子。」

「沒有吃飽吧？一起吃吧！」金庸說道。

兩年前的決戰對手，此刻面面相對，一邊喝着稀飯，一邊聊着家常。

張夢還又名張靈，這兩個別有懷抱、包藏隱喻的名字想必不是真名。張夢還告訴金庸，他的本名叫張擴強，比金庸晚生四年，是四川隆昌人。隆昌是一座青石城，隨處可見鵰工精細的青石橋、青石建築、青石鵰塑，有多個龐大的石牌坊建築群，十分古典有魅力；隆昌的客家歌謠也別有一番韻味，以其特有的民俗色彩，不但通俗，更蘊藏了豐富的民族幽默。張夢還少小離家，從軍中退役後蟄居香港。他從客家歌謠、大鼓書以及《彭公案》、《七俠五義》等俠義小說裡汲取到精華，加上他得天獨厚的才情，試寫了第一部小說《蜀道青天》。哪知牛刀小試即名動江湖，於是，《金腰帶》、《大力神》、《湖底少年》等書與讀者見面。

「夢還，你取這個筆名是不是有還夢於己的意思？」金庸笑眯眯地問他。

「還珠樓主李壽民是我的同鄉、學長，我寫武俠深受他的影響，我崇拜他，取名夢還是寓意醒裡夢裡都追憶他。」

「所以你的這部小說明顯有《蜀山》峨眉派女子的影子。你擅長描述女俠，那種婉約陰柔的俠氣是與眾不同的。」金庸讚道。

在「龍鵰之戰」慘敗以後，張夢還決心再寫一部像樣的拿得出手的作品作為彌補。從一九六〇年秋初開始，他廣為搜集資料，架構故事，醞釀情節，閱讀和參考借鑑各種武俠說部，對其影響最為深遠的，即是還珠樓主的《蜀山劍俠傳》和《青城十九俠》。到了一九六一年夏天，張夢還終於完成了第二部「艷女名劍」故事，這就是長篇武俠小說《青靈八女俠》。

「這篇稿子雖然我本人非常看好，不過原則上，我只能先給你千字五十元的稿酬。如果高於這個價格，則需要《明報》多名主編審批，程序上有點麻煩！當然了，五十元不是最終的價格，如果你的稿子連載一段時間，讀者反響不錯，那麼，雜誌社可以提升你的稿酬！」金庸解釋道。

當下，兩人簽下這部作品的連載授權。

《武俠與歷史》一九六三年第三期開始連載張夢還的《青靈八女俠》。這部書開篇就寫得引人入勝：「歸鴉陣陣，滿山猿啼，籠罩在雲雨中的神女峰，正在這蒼蒼暮色裡逐漸隱去。這時，一艘停泊在江邊的木船上，飄起了一陣悠揚的笛聲。這艘孤獨的客船船頭上立着兩個人，一個是短衣輕裝的漢子，另一個便是那臨風吹笛的少年書生。這書生年約二十四五，丰神俊朗，飄逸脫俗，但眉目之間卻似有重憂，吹出的笛聲也十分清亮激越，似乎滿腹的悲憤不平都要借這支笛子發泄出來。這時正是明熹宗甲子年的秋天……」

這部書每月連載三萬多字，張夢還立馬可得一千五百港元的稿酬，後來加到三千港元。這個價格已經大致等同於金庸、古龍這樣的金字塔頂端的稿酬了，張夢還自然覺得滿意。

那日，張夢還揉着酸麻的手腕，看着這幾個月用筆過度，手指間摩出幾顆水泡，不禁搖頭，自嘲道：「這年頭，哪怕是抄寫一遍自己的稿子，也不是一件輕鬆的事情！」

謄寫完稿子後，張夢還走出家門。散步，如同上班一般，定期向明報社送稿子。

金庸的小說是無數的武俠小說作者的啟蒙讀物，眾多的武俠小說名家都是從模仿金庸的小說開始入行的。但是，金庸一生之中並沒有收過任何一個衣缽傳人。這倒不是金庸並不喜歡指點新人。事實上金庸小說中所喜愛的一些女性角色中，博覽群書的神仙姐姐王語嫣就好為人師、喜歡指點旁人，不善交流的小龍女也悉心教導楊過。除此之外，金庸小說中，俠客也非常重視師承，很少有野路子自學成才的大俠。從這一點也可以看出，金庸心裡，有着希望收徒的想法。

不過，金庸太高傲，地位也太高。他不但是中國最具影響力的武俠小說作家，更是《明報》的老板。這樣的身份，使得大多數的新人作家望而卻步，高攀不起。何況張夢還是與他同時代的作家。

憑借《青靈八女俠》，張夢還得到了金庸的認可。

《青靈八女俠》連載了一年兩個月。其間，他還寫了《名劍情深》、《艷女飛琼》、《玉手補金甌》作為《青靈八女俠》的續集。《十二女金剛》在《武俠世界》連載以後，由香港武林出版社出版。

此時，梁羽生的巔峰之作《萍蹤俠影錄》、《白發魔女傳》以及《雲海玉弓緣》均已完成，金庸的《天龍八部》和《笑傲江湖》果真是笑傲江湖，睥視武林，儼然有主盟武林天下的雄姿。

一九六五年，香港武俠小說市場開始暗淡，《武俠與歷史》停刊。張夢還悄悄退出武林去做專業騎師了。香港賽馬歷史悠久，作家中喜好賽馬賭馬的很多，甚至寫馬經、賽馬專欄。張夢還名噪一時，可與另一位武俠名家蹄風相輝映。

（三）

八十年代初，香港作家沈西城成為《明報月刊》的特約撰稿人。有一次交稿時，金庸問他：「你知曉張夢還否？見着了告訴他，可以到明報來找我，我請他做編輯。」

於是，張夢還進入明報，從事專欄編輯，成為沈西城的親密朋友。

說起來，張夢還與金庸的情誼，中間還有另外一層：張夢還從軍時的校長關麟徵將軍也是金庸的摯交。

一九八三年的《明報》副刊上，有一篇張夢還的文章《懷念恩師關麟徵將軍》。張夢還說，關麟徵將軍是黃埔軍人中少有的名將，生平惡戰無數，戰必勝，攻必克，參加過古北口、台兒莊以及湘北第一次大捷等戰役。張夢還並未親歷此戰役，他是關麟徵當黃埔軍校校長時的得意門生。

一九四八年七月七日，張夢還從四川雙流入伍，考入陸軍軍官學校第二十二期炮兵科，時年二十歲。

「我搞出了用槍榴彈發射照明彈，外帶一個小降落傘，照明功效不錯，得到了評定第二名。」讓張夢還「畢生難忘的日子」是畢業典禮，在中正堂踢正步去領獎。畢業分發時，發現關麟徵校長流淚，也讓張夢還「說不出的感動」。

國民黨兵敗大陸後，一九五〇年張夢還來到香港。關麟徵此時亦已退居香港，過着「隱士」式的生活。有一次張夢還拜望校長，談起當年流淚之事，關麟徵說：「我當然難過，不單是惜別，我知道情勢已經壞到不能再壞，一切都錯。你們上戰場只有送死，我沒有辦法改變這種情勢，又不能對你們說。你們身上有我多少心血，多少希望，眼看就要白白地斷送，怎麼能夠不傷心！」這句話讓張夢還傷感，也曾經讓金庸很傷感。金庸念高中時抗日戰爭爆發，金庸參加了戰時青年訓練團接受軍訓，關麟徵是教官，分別時也對同學們流過淚。七十年代，關麟徵曾與金庸一道赴台灣訪問。

創作武俠小說以外，張夢還還做過騎師，對馬匹認識精確，難有人及。一次賽馬會後，他指着一馬對人說：「這是好馬，將來定是馬王。」那人跟別的馬評家們說了，人人掩嘴笑，這樣的馬是馬王?.白癡!.結果白癡的是他們。有個時期，金庸邀張夢還去寫馬評，他分析深邃，所予貼士十中其九，可他不願以寫馬評為生，金庸說「中國文人的頭巾氣，張夢還總不能甩掉」。

沈西城也寫武俠，與張夢還常見面，地點多約在北角今天和富中心附近那家「七重天」西餐廳。那時，張夢還很不得意，囊中羞澀，每趟喝咖啡皆由沈西城結賬，有一天，他靦腆地說：「西城，過兩天張大哥拿到台灣版稅後，回你吃飯，要吃一頓豐盛的！」

一九九六年，沈西城受《藍皮書》創辦人羅斌的賞識，當上《武俠世界》的總編輯，他邀張夢還投稿。有一日，張夢還拿來一部《血刃柔情》的書稿，沈西城看了，那飛揚的文筆，屬辭比事，點綴渲染，躍躍如生，一點不遜金庸。夢還笑了笑說：「老弟！當年我可是跟老查齊名的呀！他請我在他主編的《武俠與歷史》裡寫連載，我的讀者數目不少於他呢！」沈西城當時半信半疑，將此話跟金庸說了。金庸不答，找出一篇介紹張夢還的文章給他看。沈西城信了。

此後，《武俠世界》刊載了多篇張夢還的短篇「歷史傳奇軼聞」和「現代技擊掌故」。張夢還在《王度廬和臥虎藏龍》一文中寫道：「就我個人的意見，雖然四大名家（宮白羽、鄭證因、王度廬、朱貞木）各有千秋，但仍然應推王度廬為首。」「他筆下的玉嬌龍創造得最為突出，慧黠、多智、倔強、任性，卻又極重情義，對於人物——特別熟女人——的塑造，無人能出其右。」張夢還的成名作《沉劍飛龍記》、《青靈八女俠》等也曾在《武俠世界》上連載。沈西城喜愛張夢還之才，不怕「炒冷飯」，推薦其作品特色為結合史實，創意獨特、佈局嚴謹、人物刻畫細緻鮮明，且全書氣勢磅礡，十分引人入勝。

張夢還寫作之餘，還擔任過香港退伍軍人協會副理事長、黃埔軍校同學會理事、香港黃埔軍校同學會會長。迄今已結集成書的武俠小說共有十二部。一九六二年由馮志剛導演的電影《八大女俠鬧江湖》，故事就取自《青靈八女俠》。張夢還最擅長描述女俠，這《青靈八女俠》更開創了婉約陰柔的武俠小說宗派。

二〇〇八年三月十四日早上，張夢還突然暈倒，送抵律敦治醫院，延至晚上不治，病因是腦裡瘤迸裂。他一直不知道自己有這個瘤，眼睛一閉，悄悄走了，這是他的福份！享年八十歲。

寫武俠是模仿金庸
——「浪子」文人沈西城

沈西城的身份很多：作家、《武俠世界》出版社社長、金庸倪匡古龍三大俠的朋友，同樣也是輝煌武俠時代的見證者。

沈西城曾用「浪子」的筆名在《花花公子》撰寫《紅塵回憶錄》，提到了港台不少八卦掌故，很有趣，包括金庸的趣事。沈西城稱自己是「浪子」，也許他想做「浪子」，但「浪子」無根無求，漂泊萍蹤，沈西城卻有很多追求、太多思想、更多牽掛，所以他不是「浪子」。

（一）

一九七六年八月的一個凌晨，在香港九龍的一間寓所的書房裡，沈西城在書桌上的稿件上畫下了最後一個句號。

一個電影劇本又算是完結了，他給自己製定的今天的任務算是完成了。他擱下筆，站了起來，伸了伸懶腰，然後他打開了電唱機，屋內頓時響起了裊繞的音樂，一個清脆的女聲正在深情地唱着《漁家姑娘在海邊》。這是電影《海霞》中的插曲，唱片是金庸送給他的。那時候，沈西城剛從日本留學回香港。

沈西城原名葉關琦，上海人。從剛剛學會說話開始，他就開始「創作」了。當然，剛開始的時候，是他的家人，即他的爺爺、奶奶、外婆、爸爸媽媽和其他親人，以聽寫的方式完成了一些詩歌、小說和劇本。四歲時，他隨家人到了香港，定居北角。念中學三年級時撰寫鬼怪、偵探、武俠、愛情等小說，投稿到《明燈日報》的「日日小說叢」專欄。十九歲時被介紹到《新報》當晚間兼職校對，後來隻身到日本遊學，主攻日文。留日期間沉迷於紅燈區內的舞廳、酒吧及色情影院，上課時間甚少，幾乎不能畢業。在日本時仍不時投稿到《新報》描述當時日本人的生活，自詡「下層社會日文第一」，與日本作家頗有往來。他以筆名「沈西城」撰寫雜文。在作品自述中，他稱「厭惡一切假道學，對掛羊頭賣狗肉之士尤為歧視」，恥於與這些小人為伍。當年許多人問他，為何一個年輕人起這個古怪的名字，他，沈是小時一個同學父親的姓，他偏愛電影《夢斷城西》。

回到香港之後，沈西城租了一套公寓。

那天是他二十八歲的生日，他的那幫兄弟過來為他慶生。老朋友倪匡給他送來一套金庸小說，並遞上金庸的話：「如果還是以寫稿維生，可以來《明報》工作。」一九七〇年新都城酒樓開張當日，沈西城認識了當時在香港文化界已頗有名氣的倪匡，之後便常以倪匡的乾弟自稱，又常把「倪大哥」三個字掛在嘴頭。其後沈西城更寫了《我看倪匡科幻》、《細看衛斯理科幻小說》、《妙人倪匡》等多本與倪匡有關的書籍。

七十年代末，沈西城從日本學成回香港，在當時《明報月刊》與《明報》國際版擔任日語翻譯，《明報》經濟版的編輯毛國昆找他協辦「中日反霸權」講座，請來日本駐香港的特派員，如《每日新聞》、《朝日新聞》、《產經新聞》的駐港記者到於仁行（現為遮打大廈）開會，金庸是那次會上的嘉賓。

「你不是很想見查先生嗎？你很快就會見到他了。」毛國昆帶着笑容對他說。沈西城頓時緊張起來，心儀已久的人物，到底是怎麼一個樣子的呢？在金庸未踏進翠園前，他心念電轉，把各式各樣的樣貌都在腦海了打了個轉……風流瀟灑？神采飛揚？飄逸俊雅？文質彬彬？

沈西城不停地想着，直至耳邊聽到有人喊：「查先生，你好嗎？」才醒轉過來。他的視線循着喊聲望過去，立刻看到一個身形不高而略嫌肥胖的中年男人，毛國昆正站在他身邊。不用說，這個肥胖的中年人就是金庸了。

然而，當沈西城第一眼看到金庸，他真有點失望了，因為眼前的人完全不是他心目中那個形象。不要說風流瀟灑、飄逸俊雅搭不上邊，就是文質彬彬也似乎不在他身上出現。他只是一個十分普通的中年人，如果走在街上，誰也不會相信他就是金庸。

金庸比他年長了足足二十多年。那天，他穿了一襲西裝，款式是六十年代的。襟邊很闊，那件白襯衫的領子，一面微微上翹。領子上的那根領帶，也拉得斜斜的，沒有安穩地結在領中央。還有他那雙皮鞋，相信已沒上油有一段時期了，以致灰塵布滿了鞋面，把黑色都遮掉了。

如果說，眼前這個金庸還有一點像文人，便是他那副「不修邊幅」的賣相了。

金庸開始發福，長了一張國字臉形，戴着金絲眼鏡。他坐着只是聽，沒有發表意見，後來沈西城猜測，大概是因為他的廣東話不太好，不喜歡說話。

第二次晤面，沈西城說：「查先生曾經為我斟過一杯茶。」

那個中午，沈西城匆匆忙忙到《明報》交稿。平日金庸不在公司，那天兩人卻難得遇上，因為《明報月刊》的老總胡菊人要走，金庸回來壓陣。他見到沈西城，把他喚了過來，說：「小葉啊，你要多多支持，多寫點稿。」說完，倒了一杯茶要沈西城喝。沈西城接過來，小口呷着，多少年都記得那杯熱茶的味道。當時他才三十出頭，因為原名叫葉關琦，人人取其姓，都用上海話叫他小葉。

沈西城就用上海話跟金庸說話。

「我發現金庸正如倪匡所說，並不善於辭令。他講話很慢，似乎每字每句都經過細思才說出來。

有時，給問得急了，他便會漲紅了臉，訥訥的，半響說不出話來，真教旁人替他着急。」[1]這是沈西城第二次面見金庸的情景。

往後兩人多以書信往來。

「沈西城先生！我是三蘇！」一天早上，沈西城接到一個電話，男人的聲音有點兒沉，報上姓名後，他嚇了一跳：三蘇《怪論》是《明報》的名牌專欄，聲名炙手，眾口交譽，他打電話給我作啥？

三蘇說，沈西城在《明報》副刊翻譯的日本推理小說，他喜歡看，約他去茶聚聊聊。第二天中午，沈西城跑上「珠城」酒樓，三蘇早在，同座還有王季友，以前見過。季友笑說：「你的三蘇叔叔老早就嚷着要跟你喝茶，他喜歡你譯的日本推理小說！」沈西城受寵若驚，嘴裡忙謙遜。三蘇原名高德雄，祖籍浙江紹興，他說沈西城以前也寫過偵探小說，讀者喜歡，編者更喜歡，因而，金庸社長讓三蘇找他聊聊，請他賜稿。

「七十年代《明報》副刊，台柱有三，金庸、倪匡、三蘇，惟其他作家，也是紅極一時的名家，其中余過更是佼佼者。余過，就是潘粵生，《明報》總編輯，處事、行文都有查先生的作風，

①沈西城《金庸與倪匡》，利文出版社，一九八四，第六五頁。

余過所寫的《四人夜話》，雖說是法國人說、日本人說，其實都是余過說的。《四人夜話》類似衛斯理的科幻小說，峰迴路轉尤過之。

沈西城在回憶文章中說：「說上世紀最好的月刊是《明報月刊》這不是誇讚，而是事實。我跟《明月》有點淵源，既是它的讀者，也是它的作者，當年《明月》作家陣容中，我是渺小的小輩。」①沈西城與他們相聚喝過茶，同品過咖啡。《明月》創刊時，編輯部設於禮頓道的一幢舊式大廈，創業維艱，金庸自任總編輯，大教授許冠三、大作家司馬長風襄助，構成「三頭馬車」，而編輯僅二人，便是克亮（黃俊東）和阿樂（王世瑜）。重用許冠三，意旨明顯，乃是宣示《明月》走的是較高檔的學術路線。在這感召下，四方八面投來的文章自然都是學術水平高的文章，用詞專門，文筆艱澀，不好閱讀。辦了幾期，讀者反對聲音紛至沓來，要求改革。金庸一向民主，參照過讀者意見後，認為不無道理，與許冠三商議，希望能多容納非學術性文章，許冠三並不同意。兩頭馬車意見相左，教授掛冠而去。司馬長風、王世瑜也因稿事、工作繁忙，不克兼顧，引身而退。金庸只好單挑保帥，一邊物色適當人選。②《明月》聲名遠播，日本學術界、新聞界都予看重。一九七五年，日本朋友相浦杲教授在香

① 沈西城《舊日明報三作家》，《蘋果日報》，二〇〇六年三月四日。
② 沈西城《金庸心中的明月》，《明報月刊》，二〇〇七年第一號。

港大學出任客座教授，沈西城帶他參觀《明月》編輯部，當他看到只有胡菊人、黃俊東兩個編輯時，那瞪眼如桂圓、吐舌回不轉的驚訝表情，令沈西城覺得好笑，信口問他，相似的月刊在日本要用多少編輯？相浦教授想也不想就回答：「至少二十人吧！」咦！《明月》豈非以一敵十？以兩人之力辦出這樣一本出類拔萃的刊物，豈能不佩服金庸！

金庸對沈西城說：「你可以去寫電視電影劇本。」意下他可以離開《明報》。

沈西城站在陽台上，仰望廣袤的天空，心潮澎湃，思索着自己今後的路。

金庸為什麼辭了他？沈西城在《妙人倪匡》一文中提到，金庸曾說沈西城做事不集中，寫不出長篇來，因而《明報》不願用他，後來他連寫作的地方也被刪去。而老友倪匡亦曾在《說人解事》一書中說到，這小弟工作量不少，除各種類寫作，亦兼有翻譯日本小說，但性格卻不是很肯努力專心工作的。金庸喜歡他的為人，卻不欣賞他的工作態度。倪匡稱其「創作瓣瓣皆能」，這並不為過。由此看來，不是金庸不重用他，而是他「一山望着一山高」的性情不適合在《明報》工作。

不做秘書了，沈西城成為《明報》的專欄作家，還是《明報月刊》的特約撰稿人，仍然有機會近距離接觸金庸。他寫過一篇《金庸趣事》，說：「早已講過寫金庸並不容易寫，因為他沒有倪匡那麼風趣。既不風趣，趣事自然不會多。但有時又不盡然。金庸也有他風趣的一面。比方他請人寫稿，有時也會奇招迭出。有一回他請我替《內明》雜誌寫稿，為了怕我拒絕，便給我來一封信。信有一定格式，把要求的事列成幾點，最後以弟自稱。所列幾點，包括稿件性質，字數，稿費若干，為着怕我擔心稿費，另加小說稿費由弟負責追討。接到一封這樣的信，叫人怎能不寫？」香港《內明》是一本佛學文化雜誌，主編沈九成法名熙如，跟金庸是好朋友。原來，金庸對佛經一直很有興趣，時常跟沈九成過從，研討佛經。尤其在他的長子在哥倫比亞大學裡遇事後，金庸更醉心於佛經的研究。

沈西城說：「金庸很愛才，有才的人，在明報服務都會受到他另眼相看。」沈西城描述了《明報》局內的人事變動及其所產生的高低起伏，當中提到的人物包括後來的《信報》創辦人林山木、前《明報月刊》總編輯胡菊人及資深報人王世瑜等。他們都曾經是《明報》編採陣容中的中堅分子，但之後又因種種原因而離開了《明報》。其中談到林山木的一段，雖然篇幅不是太多，但已能重點的描述到金庸與林先生的淵源。文中提到林山木最初在《明報》資料室工作，其後受到金庸賞識而出資給他到英國進修經濟，學成後再回到《明報晚報》任副總編輯，後來更成了總編輯。當時因着林山木的個人能力及他在金融財經界的江湖地位，令到主打財經新聞的《明報晚報》辦得有聲有色；但就在這時候，林卻決定另闖天下，離開《明報晚報》、創辦《信報》。最後，《明晚》在九十年代初結束。沈西城在文中用上兩句話分析當時形勢：「因為林山木太熟悉《明晚》了，而《明晚》並不熟悉林山木。」其實，這句話還有另外一層意思在內：「因為沈西城太熟悉金庸了，而金庸並不熟悉沈西城」，對自己離開《明報》作了自我安慰。

俠骨柔腸，豪俠風度，寬容，一向是金庸筆下人物最大的特點之一。金庸認為，這是中國民族性中很重要的因素，也正體現了他的人格精神和處世原則。幾樁被倪匡講成如趣聞的往事，在沈西城看來：「這二十年來，明報人才輩出，是因為金庸愛才。」

沈西城提及金庸與稿費的幾則小故事：《明報》的稿費一向定得不很高，至少它沒有《東方》與《成報》那麼高。他在《明報》翻譯日本推理小說，每天八百字，稿費只有六百五十元，比《東方》少了三百五十元。他沒有提過抗議。但倪匡和亦舒就不同了，兄妹齊向金庸抗議，電話、信件齊飛，要求加稿費。金庸總是左推右擋，以太極卸勁化去倪氏兄妹剛猛凌勢。倪匡氣他不過，乘着一場宴會，帶着幾分酒意向金庸當眾提出，金庸沒有當眾說不，只說會以書信回倪匡的要求。據倪匡憶述，金庸的信寫上數頁紙，提到不能大加稿費的理由時，就連當時石油危機及環球局勢變化這些大事情也用上，並且言詞懇切。最後倪匡唯有妥協了事，只是輕微調高一點稿費作罷。

沈西城笑稱，《明報》稿費雖低於同行，但能與金庸共事，不少撰稿人仍感無上光榮，視報館為「少林寺」。

「在本港文化界裡，倪氏兄妹素以辛辣出名，居然都給金庸弄得服服貼貼。你說金庸的本領有多大？木虱雖惡，遇上糯米也是變不出戲法的。」[①]沈西城作了一個形象的比喻。粵語中有句俗語「一物治一物，糯米治木虱。」

這裡，沈西城寫得非常有趣，其中的金庸顯得非常平易可親。

（二）

離開金庸以後，沈西城開始嘗試多元化寫作，作品涉及政論、雜文、推理小說、電視電影劇本及譯作等。八十年代寫了不少小說。一九八一年，沈西城將金庸的《天龍八部》改編後搬上銀幕，另外還撰寫及改編過多部膾炙人口的作品，如《京華春夢》、《紅顏》，一九八七年編寫的《龍虎風雲》獲第七屆香港電影金像獎提名。

沈西城記得兩件事。在他留學日本期間，認識了日本毛澤東研究權威學者竹內實。回中國香港後，竹內介紹了相浦杲教授給他認識，相浦正在香港大學當做客席教授。有次兩人談天，沈問

① 沈西城《妙人倪匡》，藝苑文化工室，一九九八，第七三頁。

相浦有否看過香港小說，當時日本人對中國當代文學認識不多，只知道近代文人如魯迅、郁達夫或老舍，於是他告訴相浦，香港有個作家叫金庸。

沈西城寫了一封信寄到《明報》，跟金庸說有日本學者想看他的小說。金庸收到信後送了全套小說給相浦。相浦看後，急急打電話給沈西城，說寫得真好。沈西城問他有沒有興趣把小說翻成日文，他說好。但這樁事最後卻沒有成事，因為金庸開了條件，說譯稿費用要待書出版了再從版稅中抽，相浦不想冒險，最後沒有譯成。

如果當年談成，金庸的武俠小說早在七十年代就已被翻譯成日版，如此錯過，待到九十年代才由岡崎由美開始翻譯。

第二件事發生在一九七八年，沈西城在佳藝電視台工作，劇組想製作推理劇場，於是叫他到日本找推理名作家松本清張買下書的版權。那天，他在車站旁買了水果，按下門鐘，甫進大宅會客室已見到一屋派頭，又是象牙又是古玉。松本帶他上二樓的書房。松本清張是日本名作家，得過芥川龍之介獎、菊池寬獎與日本推理作家協會獎。沈到了他的書房，卻見房中無書，只放了一張書桌，地方極大，地磚冰滑。松本說，他的書放在大屋的地庫，地庫開了空氣調節，防書紙發霉。沈西城心想日本大作家排場真不是香港作家可比，可是當下不服氣，便向他提到金庸，說金庸就像日本的司馬遼太郎，他很富有，書房也很大，寫的時代小說（武俠小說在日本的稱呼）深深影響華文文壇。松本一聽，把自己的書題上了金庸名字，交給沈西城，叫他把書轉交金庸。後來，金庸收到書很高興，又寄了自己的書給松本清張。

一九九六年，第一部金庸小說日譯本《書劍恩仇錄》出版，緊接着，一些日本翻譯家已經將多部金庸小說翻譯成日文，在日本出版，很受中國讀者喜愛的《神鵰俠侶》、《射鵰英雄傳》等在日本也是一版再版。當然，就像中國人翻譯西方名著，常常帶有「中國視角」和中式思維，有時甚至有點不倫不類；日本人對金庸小說的翻譯及其與中國讀者的不同喜好，也滲透着日本人的視角和日式思維，流露出日本人特殊的文化心理特徵，以至於某些地方在我們中國人看來，也頗有些不倫不類，令人噴飯，如香香公主被日本譯者稱為「維吾爾族的美少女」，將掌門人翻譯為總帥，把任大小姐翻譯為魔教之美姬，日本譯者似乎很為「狗雜種」這個名字傷腦筋，竟然將其譯為「野狗君」，對此，金庸很不滿意。

金庸對沈西城說：「我讀過你翻譯的日本小說，譯得很好，比如松本清張的《日本的黑霧》用純文學來寫推理，你是有翻譯能力的。」這樣，沈西城便成了金庸的私人秘書兼翻譯。不久，蔡瀾受聘為《明報》副刊的專欄作家，開了十幾個專欄，專門談吃喝玩樂。沈西城曾經着手編譯《雪山飛狐》，因蔡瀾也在日本旅居過多年，金庸囑沈西城與蔡瀾合作，一同開闢日本的金庸小說市場。然而，蔡瀾才子沒空陪他「玩」，此事也就不了了之了。

沈西城寫的《香港三大才子——金庸、倪匡、蔡瀾》一書，提到金庸的部分，內容亦頗為詳盡，其中講到《明報》的發展時，也可說是甚為仔細，除了《明報》本身之外，更分析了《明報》系內其他刊物的發展情況，猶如一個《明報》發展的小概覽。其中沒有附上傳媒學上的學術觀點及研究角度，只是講求事實，也沒有加上太多個人喜惡及想法，這樣，反而令讀者能夠更具體、客觀地掌握到一段非常真實的《明報》發展史；也令傳媒界內的《明報》局外人，能對這個在行內享負盛名的機構有進一步的了解。且文中記載的，並非只是一帆風順的歷史，反而對《明報》在發展中出現的種種危機及困難有所提及，可見他是力求中肯的。

「金庸不同倪匡，他冷靜寡言，喜怒不形於色，令人不期然覺得跟他之間有一段不長的距離，尤其是像我這樣年紀跟他差上一大截的，更是沒有什麼可談的。不過，要寫一個人物，不一定要跟他有密切的來往。道聽途說，當然不可，但旁敲側擊，加上縝密的分析歸納，也未嘗不能把那人物的神勾勒出來。我寫金庸正是採用這種手法，跟寫倪匡略有不同，希望能獲得同樣的成功。」沈西城說。

多年後再見，金庸身邊已眾星拱月，沈西城不便叨光，自此二人少了往來。有一天他突然收到電話，說查太太看了他在報章寫的短文，為梁羽生與金庸的關係下了個公允的說法，想請他吃頓飯以表感謝。

那次吃飯，他們談到查先生、倪匡和沈西城三人生肖都屬猪，各差十二年！查先生大倪匡十二年，倪大哥又大沈西城十二年，確是有緣。唯網上資料寫金庸生於一九二四年，應屬鼠，沈西城說是查太太親口所言，那年頭的人來港把出生年份報早報遲一兩年不足為奇。

金庸、古龍、梁羽生等大師的名字，已成為「武俠」的代名詞，與之相應而生的則是那些流傳在坊間、被讀者津津樂道的段子，比如，古龍拖欠稿費，出版商找倪匡用同樣的稿費幫古龍續寫完，倪匡驕傲地說：「我的稿費從來都是比古龍貴的。」其實，這些段子的「主人」是沈西城。

談及古龍的段子，沈西城信手拈來，他說：「有人打古龍，古龍就會說，這不是兒子打老豆（爸爸）嗎？」講到古龍一直不回香港定居的原因，沈西城稱，因為古龍喜歡台灣的蛋炒飯什麼也不加，而香港的蛋炒飯要加葱。

最能體現古龍精靈的，則是他的創作之路。在金庸之後，古龍結合日本的懸疑推理，用緊湊式描寫及其獨具特色的短句風格，在傳統的武俠小說之外另辟蹊徑，成為一代武俠大家。

講到倪匡的精靈，沈西城分享了一則故事：有一次倪匡給《成報》寫稿，發現稿費中竟然有幾毛錢，一問才知道，依照廣東人的習慣，《成報》的標點是不算錢的。聽罷，倪匡立刻「反擊」：「你是廣東人，為什麼請我上海人寫稿。」

說金庸，他不再調諧：「查先生愛文人多於商人，尤其欣賞有真才實學，博學又愛看書的人，像汪際先生。查生不太喜歡我。不是因為我衰，而是說我不定性，小葉心野，不會安靜坐下來寫稿。」

（三）

除了《明報》，沈西城在多間報館工作過，主編過八卦周刊《翡翠周刊》，也辦過成人刊物《奇艷錄》。後來，他將老牌艷情小說雜誌《藍皮書》重新包裝復刊，並以「本世紀全球唯一中文潮流小說雜誌」為宣傳號召。一九九五年在倪匡允許下，他開始以原振俠和羅開為筆名，續寫倪匡的《原振俠》和《亞洲之鷹》兩系列小說。一九九六年，受《藍皮書》創辦人羅斌的賞識，沈西城當上有五十二年歷史的武俠小說雜誌《武俠世界》的總編輯。

沈西城用欽佩的語氣述說金庸小說的魅力。即使當初家長不喜歡他一直讀「閑書」，但並沒能阻止他一直追看金庸的小說。用他的話說，這就是金庸小說的「魔力」。沈西城認為，這個魔力是金庸小說文字的重要性，以及金庸小說超強的故事性。一個好的故事，吸引人的橋段再加上生動人物的刻畫，使得金庸的小說成了一座武俠小說世界不能被人翻越的大山，很難被人超越。

「每個時代的武俠小說，都有它們的支持者，因為那是人們追求的夢想與渴求。」雖然，沈西城的作品未必本本全城大賣，但數十年來，他卻一直執著於這種大眾化文字。就如他所言，武俠是不分年代的。「俠以武犯禁」，為公義挑戰強權這種行為，不一定是天地會反清，也可以見諸於占士邦大戰魔鬼黨，甚至是阿凡達火並地球人。

金庸介紹了不少好友給他認識，沈西城也就認識了很多小說名家。金庸曾笑話他不專致，屁股坐不定，寫不出長篇。沈西城偏偏要長志氣，寫出了一部長篇，後來這部長篇中的主人公又在另外的故事中出現，行成了一個系列，這個系列就是《四大名探》。在小說中，沈西城利用了阿瑟·柯南·道爾推理小說《福爾摩斯探案》中的故事人物及時空背景，讓著名的推理偵探福爾摩斯和倪匡科幻小說中的衛斯理碰頭。

沈西城的強項是擅於模仿其他當紅作家或名著的寫作手法。沈西城坦承：「我什麼種類的小說也曾寫過，奇情、艷情、武俠、鬼怪、偵探、推理，對我都沒有困難。寫愛情我是模仿依達，寫武俠是模仿金庸，寫科幻是模仿倪匡，至於偵探則模仿希治閣，而鬼怪小說則是把聊齋內的故事予以現代化。」①

沈西城看金庸小說，發覺有着濃厚的章回小說的味道，但是情節卻懸疑詭秘，構寫方面也頗有心理描述，他說：「還有一部武俠小說，是金庸特別喜歡的，《三俠五義》，經晚清大儒俞曲園整理改寫，成《七俠五義》了。」金庸認同他的觀察，說自己「年輕時很喜歡看《水滸傳》、《七俠五義》一類通俗小說，到了大學又接觸到西方小說」，後來的創作，不免吸收了中西小說兩方面的營養。這裡，金庸把《七俠五義》放到了與《水滸傳》並列的位置。一九五六年，金庸在《新晚報》發表文章，談書的「續集」，也談到了這本書，「《七俠五義》之後有《小五義》和《續小五義》，……我一直看到了《九續小五義》」，雖則「除了無聊與胡鬧，在這些續書中再也找不到什麼別的」，但仍是捏着鼻子讀完了十部《七俠》續書。在《韋小寶這小家伙》一文中，金庸說：「《三俠五義》中最精彩的人物是反朝廷時期的白玉堂。我看《三俠五義》，最精彩的篇章，是白玉堂與顏查散的遇合故事。」

同樣，沈西城對《七俠五義》也有着超乎尋常的偏愛。他說，寫動作小說（有了金庸，再不敢涉足武俠小說，只好寫一點動作小說），先是受中國古代《七俠五義》的熏陶，後受外國現代

① 若水《自稱最叻模仿》，香港《東週刊》，第四七八期。

推理小說的影響。《原振俠・魅琴》寫得不是很精彩，倒是後來推出的《新亞洲之鷹》，寫得緊張曲折，如「追凶」故事中有一段寫羅開和飛機大戰，非常乾淨利落，加上一只虎頭海鵰，真是「人、獸、飛機大戰」，拍成電影一定很好看。在《新亞洲之鷹》中羅開似乎更「凡人化」，經常落入別人的圈套，也受傷過多次，對女人也「好多了」，如和阿田有一段似有似無若隱若現的感情，這在以前是沒有的，在這方面，沈西城好像努力突出一些羅開的「獨立性格」。尤其，《新亞洲之鷹》的幾個故事如「黑嬰」、「替身」、「追凶」幾乎沒有科幻成份，完全可作為武俠小說來看。早期的港台小說喜稱某國為A國，某人為A君，也許那時侯很流行此種稱法，現在就顯老套了。金庸就給他指出過，你某些地方還是很老派的，「追凶」中H國，當然指的是「韓國」，就寫「韓國」好了，看起來也舒服。

「會寫小說」的金庸在沈西城眼裡也是個「狡猾」的「古惑仔」。「如果金庸是個一板一眼的作家，怎麼能創作出韋小寶這樣的角色呢？」沈西城坦言，金庸先生骨子裡是充滿反叛精神的：楊過衝破世俗眼光，選擇和姑姑小龍女在一起，黃蓉古靈精怪，令狐冲最終與魔教教主相伴終生，還有小混混出身的韋小寶，這些反傳統的代表，如同金庸先生的化身——反叛傳統，卻帶有一絲頑皮。

粵語影片《鹿鼎記》是沈西城和司徒安編劇的，一九八三年上映時，金庸去看過，沈西城告訴他，自己是個練家子，少年時代就學過螳螂拳，是跟一位遊方僧人學的，是因為他身材修長的原因。「現在，年紀大功夫都荒廢了」，他說。

一九八九年，沈西城出了本短篇小說集《夜驚情》，倪匡替他作序。金庸看了後說：「倪匡這篇序寫得是非常中肯的，我看沈西城作品也有多年了，我感覺到，沈西城的性格寫散文好過小說，寫短篇好過長篇，而散文中尤以寫文壇掌故為佳。很多人不了解沈西城，認為他跟在倪匡後面拍馬屁，其實這對他來講是不公平的。倪匡先生非常聰明，看別人作品，如果寫得真的好，他會真心表揚，如果寫得不好，就哈哈哈打個馬虎過去，不會多囉嗦，但心裡有本賬。」金庸此話不錯，倪匡當年是很喜歡沈西城的，主要還是喜歡他這個小兄弟是來自上海，而且人又聰明，後來有些因為外界加入的誤會，導致兩位不多見面，但金庸知道沈西城心裡是很佩服倪匡的。和金庸談起香港的文壇掌故，沈西城如數家珍，而他本人又是資深編輯，談各家之得失，甚至對不少外界久負盛名的名家，也不置可否，唯對倪匡是打心眼裡佩服的。

金庸寫完《鹿鼎記》後宣佈封筆，退出俠壇。為什麼他不再寫武俠小說呢？倪匡的解釋是：「他寫不出了！」沈西城卻說：「以我看來，寫不出則未必，但會否比舊作寫得更好呢？恐怕金庸沒有十足把握。一個作家做到金庸的地步，可謂苦樂兼嘗。他一方面享受成功帶來的樂趣，另一方面又受着精神壓力煎熬的苦處，正是茫茫然不知所措。日本著名作家川端康成便是受盡這種心情的煎熬而踏上自毀之路的。金庸比川端康成聰明得多，在事業上，他有《明報》，讓他享受成功的果實，在精神上，他藉自潛修佛經和圍棋來得到解決，所以他能超脫，不會有任何困擾。有許多認識金庸的人，都以為近年金庸變得孤家，不愛交際。孰不料這正是他自保之道，他實在比任何人都了解自己，只有這樣的人，才能寫出那樣的小說。」

後來，金庸修改自己的小說，倪匡在他論述金庸小說的專著裡，曾提出抗議，認為有時斧鑿之痕實在太深，反而減弱了閱讀的趣味。對這一點，不獨倪匡如此，許多人都有同感。但是，沈西城認為：「有時也得替金庸想一想，他的武俠小說發表時都是一天一天的刊在報上，結集成書，礙於時間，也未必逐一看清楚，所以有些情節往往出現首尾不接的現象。如果不加以修改，實在有礙小說結構的完整性。就是修訂過後的小說，情節也有不如人處。」他回憶：「八一年，我在『無線』工作，創作組決定把金庸的《天龍八部》搬上銀幕。我們一隊工作人員跟隨蕭笙去澳門『度橋』，每人事先精讀《天龍八部》，這才發覺漏洞百出，編劇人員唯有想盡辦法修補，同樣情形，相信一定出在《射鵰》和《神鵰》身上，可見長篇小說並不易寫，強如金庸，經過修訂，仍有瑕疵，何況未修訂之前。」

沈西城誇獎金庸絕頂聰明。他的文字雅俗共賞，三教九流都能讀懂。他的文字也簡潔，容易看，不會覺得無聊。所以他文字的魔力，在很大程度上幫了他的武俠小說。其實，金庸的文字就是江湖體，從《水滸傳》傳承過來的，再加上他自己的特色。他的文字很淺白，但又不是白開水，是有韻味的。有些人寫文章會放很多形容詞進去，但他不需要，他用兩三句就可以，淺白，但有味道，好像飲茶，有回味。就他小說的橋段來講，就更加豐富了：有愛情，有人性刻畫，有推理，有場面，有細節……小說吸引人的元素，都能在金庸的小說裡見到。在與他同代或之前的人中，很難有人能與他比。

事有湊巧，二〇一八年初他有感世人對金庸的私生活多有誤傳，經查太太同意後，剛寫成《金庸逸事》待出版，金庸卻已離世。

金庸說「武俠小說就看瑞安了」——「咖啡作家」溫瑞安

雖然有不少人認為武俠文學已經大不如前，甚至喊出「武俠文學已死」的說法，但是溫瑞安完全不那麼看。這位至今已創作二〇〇〇萬字，以《四大名捕》、《驚艷一槍》、《布衣神相》、《神州奇俠》等武俠名作而被認為是金庸、古龍和梁羽生之後最負盛名的武俠名家，甚至認為現在是武俠文學「最好的時代」。

溫瑞安是在金庸封筆、古龍去世之後獨撐武俠大局的，他說：「我非常非常崇拜金庸，但是我最喜歡的是古龍！喜歡和崇拜是不同的。」「金庸對我來說就像是詩聖那樣，我會很崇拜他。但我不是金庸，我比他好玩很多，我比較多動症，這一方面我比較像古龍。所以金庸是我非常崇敬的宗師，古龍則是我非常喜歡的武俠作家。」①

溫瑞安落難時期，金庸仗義援手，讓《明報》率先連載他的武俠小說，助他走出尷尬境地。此舉讓溫瑞安感動一輩子。

金庸說：「近年武俠小說我就看瑞安的了。」

① 姜夢詩《大師之精深，才子之靈美》，《晶報》，二〇一二年九月一日。

(一)

溫瑞安從年少時就已經充滿正義感、俠義之心，而且身懷各種絕技，文武兼備，不但開文社、詩社，後來還開剛擊道武館，被人們稱為小神童。

溫瑞安生命中最重要的貴人，便是金庸了。一九六五年，他在來西亞念小學的時侯，家裡的舊書架上，有幾部薄薄的《紅花十四俠》，紙質薄薄的，字排得很細密，他一口氣看完了，覺得有一種從來未有過的感受，暢快帶着志氣，而且很有一種實在感，彷彿書的世界雖然是虛構的世界，但在現實也有這樣的俠情。隔了好多年之後，他才知道《紅花十四俠》其實是金庸的第一部小說《書劍恩仇錄》的盜版本。

溫瑞安做了人生第一次大俠，因此讓他一鳴驚人。小學二年級的時候，當時美羅埠有位拿督的兒子，姓周，長得很高大，由於他父親在當地有權有勢，又很有錢，所以他完全是一副紈絝子弟模樣，他經常欺負同學，胡作非為，乃至善用私刑，用尺子敲打同學的頭和手，其出手之狠，令人髮指。而他又非常的活躍，黨羽很多，又不乏一些附和巴結之士，身邊不斷地有高年級的同學維護，連老師、校長也畏他三分，因而誰也奈何不了他。

那時候，溫瑞安在班上開始活躍起來，也有了一些小氣候，班上的同學有不少投靠他的，班上的同學變成了不是姓「周」就是姓「溫」。那位周同學也企圖「食掉」溫瑞安的人手和地盤，他多次欺負溫瑞安，溫瑞安忍氣吞聲，因為中國古代的俠義就是教人要忍，只能維護正義，不能好勇鬥狠。有一次，他又公開敲破了一個溫瑞安好朋友丘的頭，丘又窮又胖，沒錢買新校服，顯得較髒，周罰他當眾脫褲子，丘嚇得哇哇大哭，不敢反抗。溫瑞安忍無可忍，一時怒從心中起，抗議了幾句，周就用尺子指着他，強行要打溫瑞安的手板。

溫瑞安一聲怒吼，左鷹爪，右虎爪，一下就跳上了桌子，踢起了飛腳。這突如其來的變化把周同學嚇傻了。溫瑞安一邊打一邊語無倫次地說着：「我管你是誰，你以為你是誰，你要打就打，你以為我是誰？」周同學真的被嚇住了，只有一邊招架一邊後退。溫瑞安一路把他追趕到校門口，然後周蹲在地上嚇得大哭。這是溫瑞安生平第一次實戰。此前，誰也沒想到瘦小斯文的溫瑞安，竟會把一向窮凶極惡的小太保打垮了，而且出手還如此狠，如此大快人心。後來大家都知道了溫瑞安會武功，而且還會少林無形拳法，習得北派短打、潭腿等功夫，是得擅長洪拳的父親真傳。多年後溫瑞安回憶到此事時，笑着說：「我當時豪氣上衝，那麼突然的給對方一個措手不及。一切不平委屈盡情發作，正義喚醒豪情，加上同學們一起拍手鼓掌，一時氣勢如虹，非要教訓教訓這個小太保不可。」從此溫瑞安一鳴驚人，名震學校。

十五歲，受金庸小說的影響，溫瑞安以班上同學為正邪人物，撰寫自繪插畫的長篇小說《龍虎風雲錄》，還每天講述武俠故事，有過一口氣講八小時而放學後又講八小時之紀錄。「當時，家也有幾冊零星不全的《射鵰英雄傳》、《神鵰俠侶》，我當作寶書一般珍藏看，就算看其中一段，讀其中一節，也被情節吸引，關心故事的人物。我看《江湖奇俠傳》、《鷹爪王朗》、《青鋒劍》、《奇門劍俠》、《白霜劍》、《虎爪青鋒》等時都沒有這種感覺。」①溫瑞安這樣說過。

後來，哥哥給他講述《天龍八部》中的故事，「我聽家兄任平講述有關《天龍八部》的故事，譬如段譽如何與喬峰鬥酒，游坦之如何學得冰蠶神功，四大惡人如何惡法，在在都令我神往。於是千方百計，或租或購金庸小說來讀。記得有一次租得《倚天屠龍記》，完全被前面的龍門鏢局滅門懸案所吸引，無法釋卷，後來讀到張翠山、殷素素慘死，覺得作者實在太殘忍了，我不忍卒讀，有點懷恨起金庸來，怎麼可以寫他們死……」②一九七一年，十七歲的溫瑞安開始在新馬文壇重要文學刊物《蕉風》及《學報》頻頻發表作品，專攻現代詩、純散文及批評文章，並在香港《武俠春秋》發表短小說。

① 温瑞安《王牌人物金庸》，《明報》，二〇〇五年五月七日。
② 温瑞安《王牌人物金庸》，《明報》，二〇〇五年五月七日。

一九七三年，台灣武俠出版業似乎沉入谷底，原本三千多家武俠小說出租店，剩下的不到一半，且多半改以出租漫畫和娃娃書為主。《武俠小說周報》、《武俠與歷史》早已停刊，《武俠世界》和《武俠春秋》也全賴台灣作家的作品才得以支撐。在此期間，古龍的名著如《風雲第一刀》、《流星·蝴蝶·劍》、《蕭十一郎》、《楚留香傳奇》和《陸小鳳》等，都被香港邵氏影業公司以大手筆的氣魄一一拍成電影，台、港兩地的電視台也把他的小說搶拍成連續劇。一時街頭巷尾所看到的都是古龍的電影海報，聽到的都是影、視中的主題曲，形成了一股強大的「古龍旋風」。

一九七三年，溫瑞安念大學到了台灣，半工半讀。他邀約幾位同學創辦天狼星詩社，舉辦「五方文學座談會」。那時他不認識金庸，只知道他在香港辦了一份很有意義的《明報月刊》，卻屢向同學推薦金庸小說。

為了籌錢辦《天狼星詩刊》，溫瑞安開始寫武俠小說。一九七〇年，溫瑞安以「溫涼玉」筆名在香港《武俠春秋》發表處女作《追殺》（為「四大名捕」故事之一），時年僅十六歲；雖然文字技巧很幼稚，但想像豐富，已見潛力。一九七八年至一九八〇年，溫瑞安正值英年，筆疾如風，連續推出了《神州奇俠》、《四大名捕》、《白衣方振眉》系列作品。

一九七六年，溫瑞安與女友方娥真一起創辦神州詩社，曾主辦過一些「武俠詩」、「武俠小說」的座談會、討論會，他自己一連寫了幾期有關金庸小說的評論文章，收入在《綠洲》、《長江》等雜誌裡。這時期是溫瑞安最迷金庸小說的時候，為他書中人物癡迷顛倒，為他筆下世界沉醉徘徊，真到了「飯可以不吃，覺可以不睡，金庸小說卻不可不看」的地步。其時在台灣，金庸小說遍佈每一角落的書坊，但當局尚未解禁，通常都被冠上別人的名字。很多朋友拿着書來問溫瑞安是不是金庸原著，他一看便知，絕對不需要超過一頁，就連書局老板也來找他，他成了聞名的「金庸著作鑑別家」，頗為洋洋自得。在狂讀金庸小說的同時，他不顧當局的禁令，在詩刊、文集、雜誌上明目張膽地談論金庸，只因他喜歡金庸小說，想盡一分力量推廣，使愛讀小說的人都能讀得到金庸小說。

懷着拜師求教的心情，溫瑞安給金庸寫信，來往了幾封信，他知道金庸極忙，去信時常說明請他不必回信，寧可他多寫幾篇文章，萬一有意外之喜，可以多誕生一部武俠小說。有一封長信，溫瑞安訴說心頭的苦悶：朋友背叛他，神州社出現了分裂。很快，金庸回信，針對他對朋友的態度，提出了一些意見，用很溫和的語氣說出來，用心良苦：「……你辦神州社，那是很難長期支持的一種友情理想，你必定極愛朋友，滿腔熱誠的待人，從你最近的文章中，得知有些兄弟姊妹離開了你。瑞安，天下沒有不散的筵席，有的人厭倦了，轉變了，心情不同了，那是必然的事。

已經有過幾年，幾個月，幾天的相聚，還有什麼不知足的？『一夜夫妻百夜恩，百夜夫妻海樣深』，朋友之道亦當如是觀。不要認為他們是『背叛』，那是太重的字眼。人生聚散匆匆，不必過分執著，千萬不要把你的朋友當作敵人，那麼你心不會難過，朋友也不會難過。夫妻只是兩人之間的事，要白頭偕老也是極難，何況數十人的結社？如果有人離開，最好是設法當他是神州社的支部，如此不斷擴充，亦美事也。」①金庸導引他往更豁達包容的方向走。

一九八〇年，因神州詩社鋒芒太露而招致台灣當局忌諱，溫瑞安與方娥真於九月二十五日以「涉嫌叛亂」罪名被遣送出境，一九八一年底，方娥真以海外雇員身份留港，溫瑞安依然飄泊流浪。彼時是金庸「雪中送炭」，安排《明報》、《明報晚報》連載其小說《神州奇俠》、《血河車》，方才造就溫氏武俠旋風。②一九八二年後，他除了續寫《神州奇俠》、《四大名捕》、《白衣方振眉》等系列作品外，又創出「神相李布衣」和「七大寇」系列，開始創出「後武俠時代」這個名詞。

可以看出來，溫瑞安寫《神州奇俠》寫蕭秋水，其實就是想寫他自身。蕭秋水率領一幫兄弟結拜，號稱「神州結義」，不就像溫瑞安當年搞過的「神州詩社」嗎？溫瑞安和蕭秋水一樣，是個熱情洋溢，

① 溫瑞安《王牌人物金庸》，《明報》，二〇〇五年五月七日。
② 林夏《金庸武俠六十年》，《城市晚報》，二〇一五年二月八日。

肯於為理想奮鬥、獻身的人。他在台灣時曾因參加並領導街頭示威被拘留了四個月，而後被逐出島。他心中的不平和憤懣代替了原本純粹的熱情，反映在小說裡，這就是《神州奇俠》裡的一個故事情節。看溫瑞安小說，可以看到他每逢寫到「冤獄」、「鎮壓」之類的情節就要借題發揮，大發議論，其實就是在為他自己抱不平。

在溫瑞安小說的前期，他雖然寫出了令讀者熱血沸騰的神州奇俠，寫出了讓讀者大呼過癮的四大名捕，但他本身的寫作技巧不是很圓滑，無論是神州奇俠還是四大名捕在結構上顯得蒼白，在語言上也很生疏。溫瑞安寫到情時極盡婉約，但一寫到殺伐，卻極為慘酷。金庸就曾批評他的小說死人太多，很多人物一出場就沒命了，根本沒有表演的機會。《殺人者唐斬》（拍成的電影改名為《刺客新傳》）便是一例，真個是殺得血流成河，武林的陰森，江湖的恐怖，盡在此書中了。

（二）

讓溫瑞安感動一輩子的是，金庸給他「雪中送炭」了。一九八二年初，金庸安排《明報》、《明報晚報》率先連載《神州奇俠》、《血河車》等溫氏武俠小說，然後出書，引起熱烈反應。一九八三年下半年，亞視招攬溫瑞安為創作經理，年底終於獲准在港居留。同年，《四大名捕會京師》

及《神相李布衣》在亞洲電視開拍。一九八七年，溫瑞安的武俠小說譯成韓文於韓國報刊連載並出書，《殺了你好嗎》於台灣最暢銷報刊《聯合報》副刊連載，此為現代派武俠創作之一大始點。一九八七年起《四大名捕會京師》等作品亦在中國內地連續出版。至一九九二年，溫瑞安出版的著作居然多達三百八十二部——這是一個令人難以置信的數字，而當時溫瑞安不過三十八歲！

在梁羽生淡出、金庸封筆、古龍早逝，武俠小說青黃不接之際，溫瑞安接過了古龍的槍，不，應該是筆，開創的「超新派」武俠小說曾風靡一時。其早期作品頗受古龍影響，如「四大名捕」系列、「神州奇俠」系列均可見古龍的痕跡。自一九八二年推出《布衣神相》起，又加上了若干還珠小說的奇妙素材，故神魔虛幻色彩甚濃；而《碎夢刀》、《俠少》、《殺楚》等書，更有許多「詩歌化」的語言文字，耐人尋味。

溫瑞安第一次跟金庸見面，說來十分傳奇。那是一九八五年的夏天，溫瑞安和好友黃昏星、廖雁平去拜訪金庸，金庸非常高興地約他們在香港大會堂門口見面。擱下電話，溫瑞安十分忐忑，彷彿從書中破紙而出的一個人物要和他見面，就跟苗人鳳、胡一刀、張三丰就要「活」在他跟前一般，不免有點緊張。與金庸神交以來，對他一直有一種孺慕之情，彷彿見了面就要執弟子之禮。

見面了，沒有過多的客套，只有幾句淡淡的問候，溫瑞安突然間覺得有一種與老朋友久別重逢的感覺。金庸帶他們上了他的遊艇，溫瑞安笑問金庸：「這遊艇有沒有名字？」金庸笑答：「本來沒有，要叫就叫做『金庸號』吧！」看這遊艇的氣派裝潢，少說也價值一百萬港幣，溫瑞安想。

在遊艇落坐，服務人員替他們沖了咖啡，金庸一面抽烟，一面談。金庸問溫瑞安：「你小說裡的人物跟現實的人有沒有關係？」溫瑞安答：「有。」金庸笑了：「是哪些人？」溫瑞安說：「有的是我喜歡的人，有的我不喜歡，改頭換面，寫在書中，有時衝動起來，一刀殺了。」金庸問：「權力幫（《神州奇俠》的第一大幫會）也有象徵？」溫瑞安點頭：「有一點啦。」金庸微微笑道：「蕭秋水是你？」溫瑞安也笑了。金庸又問他：「你還有什麼別的興趣？」溫瑞安選二三樣說了，其中一項是電影。金庸溫和地說：「我以前也導演過幾部片。」溫瑞安知道其中一部是長城的《王老虎搶親》。金庸謙虛地說：「拍得不好。」然後眯看眼睛看他，說：「你的樣子可以去拍電影？」溫瑞安沒想到有這一句，「哦」了一聲接不下去。

金庸轉頭對其他的朋友說：「近年武俠小說我就看瑞安的了。」①

陽光穿過塑膠透明窗照了進來，四周是碧藍的天，碧藍的海。溫瑞安突然想道，金庸小說常有在海上發生事故的情節，譬如北丐洪七公與西毒歐陽鋒在海上作殊死戰，令狐冲在船上初遇藍

①《溫瑞安評金庸》，天涯「溫里安吧」，二〇〇六年一月五日。

鳳凰，而我與金庸初逢，也在海上，卻很舒適安詳。武林畢竟是筆下的世界，江湖遠在天之外、海之外。

稍頃，溫瑞安問：「查先生，你有沒有過不開心的時候？」金庸聽了覺得好玩，笑說：「有啊。」「那你不開心的時候怎麼過呢？」金庸和藹地說：「睡個覺不就過去了？」那天風和日麗，風平浪靜，一如金庸的氣定神閑。

不知不覺間已日薄西山，金庸才下令回航。在怡東村吃完晚餐之後，金庸付了賬，起身要走，忽然，桌上的餐巾掉下了地，金庸敏捷地俯下身去，自桌子底下拾起了餐巾，擺回桌上。金庸當然不瘦，而且是略為發福，以他的身份和給的小費，掉了餐巾仍不惜親自彎下身去拾起來，溫瑞安頓然想起《天龍八部》中身在高位但和氣可親的殷正淳的一句話：「大富大貴而不驕。」①此後，有朋友問起金庸是怎樣一個人的時候，溫瑞安就常引用這一句話來回答。

第二天晚上，金庸邀溫瑞安去他家。那時金庸住坐在雲景道，屬東半山，家中四周盡是壁櫃，精裝的、平裝的、線裝的、套裝的，厚厚薄薄大大小小全是書。他的辦公桌在中廳，有落地的長窗，可以望到整個維多利亞海港的夜景。香港的夜景世界聞名，到了晚上萬家燈火熱鬧而無聲地閃爍，

① 溫瑞安《共坐「金庸號」》，《明報月刊》，二〇〇五年五月號。

那感覺真令人屏息。

後來，金庸邀約溫瑞安去明報社，當場談妥溫瑞安的十五部作品的版權授予明窗社，並由《明報》、《明報晚報》連載。

金庸的小說被翻譯成多種文字，在各國報刊連載，拍成電影電視劇，還有的被改編成「武俠話劇」。香港演藝學院編導盧景文執導舞台劇《喬峰》，金庸寫了一篇短文《深摯熱烈的演出》：「最近在一次友人的聚會中，大家玩一個遊戲，各人述說『今年最開心的一分鐘是什麼時候』，必須誠實坦白，不准說謊。輪到我說的時候，我說：『十月十二日晚上十一點多鐘，在大會堂劇院，演完了話劇《喬峰》，台上演員介紹：「金庸先生也在這」，觀眾熱烈鼓掌，長達一分鐘之久，我開心得好象飄在雲霧一樣。』。」

溫瑞安為此感慨道：「金庸說得不錯，一個作家，能夠受到這麼多人這麼熱烈的愛戴，還有什麼遺憾？我在大馬、在新加坡，看到很多不是十分關心文學創作的朋友，都知道金庸。我在香港、澳門的地鐵、渡輪上、巴士車、電車中，留意到很多年輕朋友，手都有一部金庸小說，在細細的看。我在台灣，看到不管金庸這名字是不是放在封面上，仍是有人在找他的作品來看。甚至在日本、韓國，也有人知道金庸這個名字，想來其它的地方也一樣。『有華人的地方就有金庸的小說』，金庸應該覺得滿足自豪，這些認識或不認識他的同胞，也為他滿足自豪。我跟金庸之間有很多因緣，也有很多錯過，我也一樣為他感到滿足自豪。」

（三）

一篇洋洋萬言的《王牌人物金庸》，透露出温瑞安是最早的「金庸迷」，並細加研討，期與眾多武俠讀者「奇文共賞析」。於是，就有了《談〈笑傲江湖〉》、《〈天龍八部〉欣賞舉隅》、《析〈雪山飛狐〉與〈鴛鴦刀〉》這三部厚重的評金大書。

他說：「在那時候，我心中始終待金庸亦師亦友。我曾在很多孤獨寂寞、輝煌燦爛的日子，跟朋友談起他的人、他的小說、他的機構，都充滿了敬意和誠意。有時候心跟這位大我近三十歲的長者很親近（金庸在三十多歲動筆寫的第一部小說的時候，世界上還沒有温瑞安這個人），就像我父親一樣，在苦難的歲月中我會在心低訴，就像書的作者跟自己早就相知一般，但有時候又卻不怎麼服他，覺得他太多的約制與距離，忍不住要跟他衝撞、頂撞一下。在同一封信，他還勸我在作品需要注意的是節制。文學上，節制是很重要的，要將奔騰的感情約束在含蓄的文句之中。」①

① 温瑞安《我心中始終待金庸亦師亦友》，鳳凰網，二〇一一年十二月二十一日。

金庸閱讀了溫瑞安的大部分作品，曾在信中評論：「你的小說有很大的吸引力，然而往往放而不能收，給人一種『過分』的感覺。《四大名捕》很好，《今之仗者》中前幾篇也很好。《神州》與《血河車》似乎寫得太倉卒、太快，自己特有的風格反而少了……」「《寂寞高手》已讀過，唐門謀殺手沉舟一節寫得變幻百出，頗有可觀。柳隨風的心情是寫得好的。不過易容等情節一般小說中用得濫了，太多出現恐不很適宜。」在香港初期，溫瑞安寫了一篇《結局》，用了許多現代文學的技巧與手法嘗試。金庸很快讀完了，便邀溫瑞安夫婦去酒樓吃飯。金庸手拿着小說，笑道：「《結局》寫得很精彩、很好，《明報》要用，不過有些錯漏，不妨拿回去再改一下，要是不改，《明報》也會用。」後來，溫瑞安居然把小說原稿遺漏在椅子上，侍者追了出來交給金庸，金庸笑着跟他說：「這麼好的作品，別丟了哦！」溫瑞安雙手接過這份稿，沒有道謝，也沒多說什麼，心情十分沉重，他不知道古人傳遞衣缽的情形是怎樣，但他記住了這份感情。①

由於溫瑞安是在金庸封筆、古龍去世之後「獨撐大局」，不免很多人會將他與金、古二人作比較。對此，他回應說：「我非常非常崇拜金庸，但是我最喜歡的是古龍！喜歡和崇拜是不同的。」「金庸筆下的世界太精彩浩瀚了，而人物孤寂得像高峰上的雪，孤傲得像雪地上的梅，然而又情深得

① 《溫瑞安評金庸》，天涯「溫瑞安吧」，二〇〇六年一月五日。

像一卷宋詞，義烈得像一頁《史記》。」

溫瑞安在《談〈笑傲江湖〉》一書中回憶說：「我最早撰寫金庸小說的評論文章，是在一九七四年，那時候自大馬負笈台灣地區，在台北創辦《神州詩刊》，曾主辦過一些『武俠詩』、『武俠小說』的座談會、討論會，我就一連寫了幾期有關金庸小說的評論文章，收入在《綠洲》、《長江》等雜誌裡，而那段期間，也是我最迷金庸小說的時候，為他書中人物癡迷顛倒，為他筆下世界沉醉徘徊，真到了『飯可以不吃，覺可以不睡，金庸小說卻不可不看』的地步。那時，無論跟人談琴、棋、書、畫、劍、電影、聚會、活動、服裝、考試，都離不開金庸那自書山字海裡虛構出來的武俠世界。」①

溫瑞安較早評價金庸的《談〈笑傲江湖〉》、《〈天龍八部〉欣賞舉隅》、《析〈雪山飛狐〉與〈鴛鴦刀〉》等文章，以印象鑑賞式的批評視角就作品中的人物進行單一或比較分析，給後人留下了更多的借鑑。溫瑞安說，金庸最厲害的地方，就是他讓人記住的是一個整體，「我很熟悉金庸的作品，很崇敬金庸，因為他是一手集名家之大成，並把武俠小說帶進了文學的殿堂，金庸是功德無量的」。在溫瑞安看來，金庸小說中的每一個招式都有來歷，每一場打鬥都有哲學的概念。他說：「金庸的描寫很磅礴，而且非常精華，他把中國章回小說加上西洋戲劇、文學的寫法，然後融會貫通，

① 溫瑞安《王牌人物金庸》，《明報》，二〇〇五年五月七日。

形成了自己獨特的文體。」①

「有些文化界的朋友以為金庸很推重我的作品，想必常加讚許，其實不然。他在我面前，倒是常批評我的作品，譬如他就指出，在我的武俠小說常另辟段落寫山川風景，不夠自然；文章寫得像倪匡這樣快，疏漏必多，未必是好事；兄弟背棄出賣的情節重覆，不宜寫得太多……許多善意的批評，我大都能接受，當然，每個作家有每個作家的文風，凡是大藝術家都有他獨一無二的風格，我不一定都改，他也向我說過：『你不一定都要接受』，但我會在下一部小說避免重犯。」

金庸除了能賺錢，也能容人、用人。溫瑞安曾經向外面的朋友介紹《明報》是香港文化界的「少林寺」，他說：「也許言重了，但大致不會太離譜。當然，整個『江湖』也有別門別派，系出武當，或系出崑崙，甚至雜家僻派都有，不過《明報》的分量，依然非同等閑，我們不妨來看看《明報》過去的和現在的部分陣容：《明報》旗下有好幾份刊物及附屬機構，譬如《明報晚報》、《明報周刊》、《明報月刊》、《武俠與歷史》，及新加坡與馬來西亞創辦的《新明日報》，還有明窗、明河、明遠三個不同名字的出版社。《明報晚報》以前因刊有金庸武俠小說，銷售量也不低，但有人形容這是金庸認為「食之無味，棄之可惜」的報紙，最近金庸請動了原本主持《今夜報》的名報人

① 温瑞安《王牌人物金庸》，《明報》，二〇〇五年五月七日。

王世瑜入掌晚報事務，作出了許多有力的革新，當年創《浪花周刊》的劉一波，新一代影評人石琪，影視版的李小珍，顯然要力圖振作一番。」

溫瑞安不認同金庸筆下「俠之大者，為國為民」一語，他告誡年輕人：「我很希望年輕人的想法不要太大了，不要一下子就『為國為民』，這會很辛苦，很累人的。」溫瑞安認為，「年輕人其實可以先『俠之小者』，先『為友為鄰』。其實，武俠不一定要很大，武俠也可以很人性；武俠不一定要至廣博，武俠也可以至細微；武俠不一定要像金庸、古龍那樣，也可以很張愛玲，很錢鐘書，很沈從文……」。

在《王牌人物金庸》裡，溫瑞安說了一則趣事：「某次我跟杜南發赴金庸和倪匡的晚飯。……那次我們一齊吃過飯後，倪大嫂載南發、娥真和我回北角，金庸和他太太要走過街口去坐另一部車子，那時候，也許是因為騎樓太暗，洋灰地太滑，查先生夫婦一度想牽手，但又沒有牽成，或許是因為我們的車子正在後頭。兩人不知怎的，忽然都有些不好意思罷，那欲牽未牽的手，始終沒有牽成。一剎那間，我想他很多部小說的戀愛情懷，看到這一幕，心頭很高興，在車上哈哈大笑起來。這一刻是美的，這一刻是真的。」

二〇〇六年四月，蟄伏十年之後，溫瑞安攜新作《天下無敵》重出江湖。《天下無敵》是溫瑞安十年前的承諾之作，屬於「說英雄誰是英雄」系列的第八部，按照作者創作計劃，該部預計長達八十萬字，共分三本出版，另外兩本分別為《天下第一》與《天敵》。溫瑞安說，《天下無敵》依然沿襲溫氏風格，之所以寫了十年，是因為分身之術，與寫作狀態、靈感沒有關係。

由於早年受到前輩金庸的扶持，溫瑞安表示出版新作向金庸致敬。「寫作《天下無敵》絕對是向金庸致敬。我的作品最初就是在金庸先生主持的明報上發表，那時候他是我的良師益友。」溫瑞安說：「查先生一定是頭牌，他在文字上的成就，他若稱老二，沒人敢稱第一！」①

二〇一七年，溫瑞安到杭州一游，首選景點是西湖畔的「雲松書舍」，即金庸的藏書樓。雖然與金庸、古龍、梁羽生並列為新武俠四大宗師，但溫瑞安並不認為自己可以躋身「四大」。「從平江不肖生、趙煥亭，到還珠樓主、臥龍生、諸葛青雲，還有柳殘陽等，有很多高手、前輩，排第四我真的不敢當。」

談及金庸，溫瑞安評價他「集各家之大成」。「他把武俠小說寫成了一種文學殿堂的境界，把武俠小說文學化，讓武俠小說在教科書上都能看到。謝謝他的努力。」但溫瑞安認為金庸的作品存在一個問題，就是跟時代節奏有點背離。「現在的年輕人，沒法看到五六萬字、十幾萬字，

① 卜昌偉《溫瑞安新作向金庸致敬》，《京華時報》，二〇〇六年四月十日。

在還沒有看到小說裡面最精華、最精彩的片斷就放棄了。」

而溫瑞安對古龍的評價是「可怕」。「他在金庸之後，還能夠寫出一個天地來。金庸用幾萬字為一段落，他就用一行字為一段落。他用一種詩的意象的方法，很快地跳起來，達到了他自己要的境地。但他寫得有些不足，比方說常常尾大不掉，要換人代寫。這些是因為他太愛喝酒了。求歡得歡，求死得死，那也算是一個人物。」

聽說金庸剛度過生日，溫瑞安祝福「生日快樂，萬壽無疆」。同時，溫瑞安表示：「他在，武俠在。」「很多人認為武俠文化是不存在的，武俠已死。我覺得是夕陽無限好，青山依舊在。」溫瑞安如是說。

「我們常說中國文學已死，現代文學已死，新詩已死，中國電影已死也有。當電視劇紅的時候，大家就說電影不行，等網劇來的時候，中國電視劇又要沒落了。其實這些不斷地給人誹謗為死的東西，它能夠立即而重生，浴火鳳凰，只要他有好作品，它非但能活，而且還非常可以做到涅磐。」①

他說：「中國的武俠文學不會死，為什麼這麼說呢？因為中國的影響力越來越大，武俠主題的影視、網游都在發展，武俠文學可謂方興未艾。除了紙質書，武俠小說只是以另一種形式活着。」

① 温瑞安《溫風細雨，杭州之行》，新浪博客，二〇一七年八月二十七日。

這些年來，由溫瑞安小說改編的影視作品已逾二十八部，其小說更成為遊戲的搶手熱點，至今不斷有手機及網絡遊戲推出。

在溫瑞安看來，俠義其實就在民間。很多人在社會上正在做着俠義的事，比如被燒傷的消防員，為救小女生而搏鬥受傷的警員，扶起老太太送到醫院卻被人誤會的路人，「神州在，俠不滅！」

溫瑞安曾經有個很形象的比喻：金庸是茶，梁羽生是湯，古龍是酒，而他是咖啡。「茶是中國文化的一部分，金庸得其神。梁羽生功力深厚，是罐煨湯。古龍當然和他的喜好一樣是酒，可是酒勁散了之後就沒了興緻，容易有敗筆。可是古龍就是古龍，他在酒勁酣暢時寫下的文字，無人能敵他的浪漫精神。」①而他是款咖啡：「因為我喜歡喝咖啡，不過每天只能一杯，喝多了睡不着，不喝又想念。」

① 周南焱《「夢不死，心不衰，俠不滅！」》，《北京日報》，二〇一二年六月二十一日。

天上有顆星叫「巴金」
——金庸最喜歡的作家巴金

巴金原名李堯棠，字芾甘。據他說，「巴金」的「巴」字出於對客死他鄉的巴恩波同學的紀念。巴金說：「我和他很熟，但是他自殺的消息使我痛苦。我的筆名中的『巴』字就因他而聯想起來的。」「金」字則是一位學哲學的安徽朋友替他找的一個容易記住的字，取自巴金當時正在翻譯的《倫理學》一書的作者克魯泡特金。「小行星八三一五」正是以他的筆名命名的。

金庸稱巴金「是我最欽仰的文學家」。金庸博覽群書，書裡最喜歡的是小說，小說中最喜歡的作家是巴金。

（一）

二〇〇四年九月，金庸在「四川魅力之旅」接近尾聲時，聽說成都龍泉驛區有個巴金文學院，他在欣喜之餘提筆為巴金文學院題詞，以表達他對巴金的敬意：「巴金先生是我最欽仰的文學家，他的作品給了我最多的教導與啟發，不但在藝術上，而且在人格上。後輩小作家金庸敬書。」

巴金比金庸年長二十歲，金庸剛進小學課堂時，巴金已經完成了第一部中篇小說《滅亡》，創作了「激流三部曲」中的第一部《家》。金庸最初讀巴金的小說，是念小學六年級的時候，正在浙江海寧家中，坐在沙發中享受讀書之樂。哥哥見到他正看着《家》，說道：「巴金是我們浙江嘉興人，他文章寫得真好！」

金庸說：「不是吧？他寫的是四川成都的事，寫得那麼真實。我相信他是四川人！」

哥哥說：「他祖上是嘉興人，不知是曾祖還是祖父到四川成都去做官，就此住了下來。」哥哥那時已在讀大學，讀的是中文系，意見很有權威，金庸就信了他的。同時覺得，《家》中所寫的高家，生活情調很像江南水鄉的，不過他家的伯父、堂兄們在家裡常與下圍棋、唱昆曲、寫大字、講小說，《家》中高家的人卻不大幹這些事。

金庸覺得，巴金在《家》中寫得最精彩的是覺慧和鳴鳳，不過，家裡的丫頭們不好看，不及學校裡的女同學美麗，他覺得覺慧與鳴鳳戀愛不合理。年紀稍大時，他才認為覺新、瑞珏和梅表姐三個是寫得最好的，因為多懂了些人情世故才這樣想的。

金庸念中學時，巴金的長篇小說《春》和《秋》出版。當時，金庸最愛讀的是武俠小說，因此覺得《家》、《春》、《秋》、《春天裡的秋天》這一類小說讀來還不夠過癮。直到自己也寫了小說，才明白巴金功力之深，才把他和魯迅、沈從文三位列為他最佩服的現代文人。

二〇〇八年一月，金庸撰文紀念《文匯報》創刊七十周年，回憶說：「後來年紀大了些，知識也增進了。反右運動期間，我感到十分惶惑，從《文匯報》中去找尋指導，許多政治性的文章我看不懂，我只從《文匯報》中尋找知識份子有關的文字。那時候巴金先生充滿了感情的文章仍然對我具有重大的吸引力。到了香港，當時我辦《明報月刊》，除了巴金先生的文字外，我開始覺得《文匯報》的內容有些格格不入。後來才了解了《文匯報》被奪權後的情況，再結合《大公報》上連載的巴金先生的《隨想錄》，才了解到一家報紙在『文革』中受打擊、受摧殘的可怕情況。」

《隨想錄》是巴金晚年最廣為人知的著作，這部鴻篇巨製，被譽為中國散文史上的一座豐碑，體現了一位知識份子對歷史的擔當，也為他的創作生涯畫上完美的句號。很多人都曾拜讀過該書並由此得到思想的啟示和心靈的滌蕩，卻未必知道，這部對當代中國產生了巨大影響的著作，最早是在《大公報》上與讀者見面的。

一九七八年，時任香港《大公報》副刊「大公園」編輯的潘際坰向巴金約稿。巴金欣然應允，寫下一篇隨筆《談〈望鄉〉》，一經發表，即在香港引起好評不斷。潘際坰就再次向巴金約稿，並希望能在「大公園」上為巴金專門開設一個隨筆專欄「隨想錄」。

自一九七八年底到一九八六年八月，巴金帶病寫作「隨時隨地的感想」，以罕見的勇氣，掙脫思想枷鎖，直面「文革」帶給他個人的災難，也不避諱自己人格曾經出現的扭曲。他在文章中直言中國過去「太不重視個人權利，缺乏民主與法制」，痛感「今天在我們社會裡封建的流毒還很深，很廣，家長作風還佔優勢」，集中批判「長官意志」。巴金在「文革」後撰寫的《隨想錄》，內容樸實、感情真摯，充滿着作者的懺悔和自省，巴金因此被譽為「二十世紀中國文學的良心」。可以說，在《大公報》提供的這個園地裡，巴金「掏出自己燃燒的心，要講心裡話」的願望終於得以實現。一九八七年，在大公報副刊「隨想錄」刊登的這些文章，由香港三聯書店集結出版，共分《隨想錄》、《探索集》、《真話集》、《病中集》和《無題集》五冊。

巴金一片真誠感動了香港的青年讀者，金庸曾在《明報》上借用香港青年的話獻給了這位慈祥的老人：「沒有人因為多活幾年而變老，人老只是由於他拋棄了理想。」

從一九七九年到一九八六年，巴金一共寫了五集《隨想錄》，其中頗大的篇幅，是責備自己在「文化大革命」期間意志不堅、骨氣不夠堅強，在政治壓力之下，寫了一些「違背良心」的檢討與批評，不少更是指控自己，也指控了朋友與其他的文藝工作者。

一九九六年十二月中旬，金庸以香港作家的身份，受邀到北京參加中國作家協會第五次代表大會，巴金因高齡患病而無法出席大會，但仍被選舉為作協主席。

返港不久，金庸與池田大作進行了第三次對話。兩人同聲稱讚巴金為「筆的鬥士」。金庸回憶，在中學之時，男女學生讀得最普遍的是兩位作家，一是巴金，二是俄國的屠格涅夫。

「對於我們這一代的青年，巴金幾乎是唯一喜愛而敬佩的當代中國作家。那時，我們是一群生活在山溫水軟、環境富裕的江南，不知天高地厚的幸福青年，若非經歷八年抗戰的艱苦生涯，恐怕到現在還是渾渾噩噩，過着醉生夢死的生涯。巴金先生所寫的《家》、《春》、《秋》，和我們的生活、思想情感很接近，他筆底充滿溫情，所描述的愛和同情，直接觸到我們的心靈。」①

金庸出身於一個地主和銀行家的家庭，社會地位和小說《家》的高家差不多，不過地處江南小鎮，和高家在成都這座大城市不同。江南小鎮接近上海，風氣之開放比成都為早，所以家庭中的封建色彩和高家類似卻不如其濃厚強烈。他的家裡也有不少丫頭，似乎沒有鳴鳳那樣美麗而伶俐之人。金庸讀到《家》中覺慧和鳴鳳的戀愛時，當時的心情和讀《紅樓夢》差不多，對鳴鳳的同情，相當於對晴雯、芳官的同情。

「巴金先生以『所有破壞愛的東西』為敵人，決心與封建落後的制度作戰，這個目標，他的

① 金庸《正直精神，永為激勵》，新華社，二〇〇五年十月二十五日。

小說是達到了的。他寫覺新的懦弱與悲劇，也表明都是腐朽的封建制度所造成。當時我年紀雖小，卻也深受其感動，與他看法一致。」①

金庸說，巴金的《滅亡》與《新生》描寫革命青年的思想情感，那時他就不大懂了，只對其中一些戲劇性的情節感到興趣。印象最深的是他的兩個中篇：《春天裡的秋天》、《秋天裡的春天》。一部是創作，一部是翻譯，因為抒寫的是少年人的心懷和輕淡的戀情，少年人覺得是自己的事，對於真誠之愛受到挫折的不幸，感覺是極深的。

金庸向池田大作推薦巴金的《隨想錄》，「這些自我揭露和自我批評，讀來真令人感到驚心動魄。巴金先生罵自己這種行為可卑可恥，如此直截了當的公開自責，中國歷史上完全沒有先例。『文革』期間，在當局的壓力之下，在毆打與酷刑之後，在家人受害的威脅下，更加卑屈的話都有不少人曾經寫過。但巴金寫《隨想錄》時完全沒有受到任何壓力，純粹是一個正直善良之人的真誠懺悔。相信與他一生十分佩服法國大作家羅梭有相當關係。」

① 金庸《正直精神，永為激勵》，新華社，二〇〇五年十月二十五日。

（二）

一九九七年十一月二十五日，是巴金先生九十三周歲的生日，這天深夜，北京天文台施密特望遠鏡一直在進行宇宙觀測。凌晨4點的時候，科學家通過它在巨蟹座靠近獅子座的方向上一個編號為Mr04的天區中發現了一顆小行星，經報國際小行星中心確認，它是一顆新發現的小行星。一九九八年二月，國際小行星中心確定該小行星永久編號為八三一五。一九九九年六月，北京天文台施密特CCD小行星項目組以八三一五號小行星發現者的身份向國際小行星中心申報，經國際天文學聯合會下屬的小天體命名委員會批准，該小行星被命名為「巴金星」。

一九九八年二月六日，金庸七十四周歲的生日，由參加北京施密特小行星計劃的科學家在河北興隆縣觀測到一顆新發現的小行星。二〇〇一年七月八日，國際小行星中心確定該小行星永久編號為一〇九三〇，被命名為「金庸星」，並向金庸鄭重頒發了小行星命名證書和金庸星軌道運行照片。

此刻，茫茫宇宙，浩瀚星空，又多了兩顆由中國人發現並以中國人名字命名的星星——巴金、金庸一起遨游太空。小行星是目前各類天體中唯一可以由發現者進行命名並得到世界公認的天體，用傑出文學家和科學家等知名人士的名字命名小行星，是一項崇高的國際性永久榮譽。在全世界只有極少數人獲得這種名揚宇宙、永垂史冊的殊榮。

當天，金庸透露了小行星命名的背景：「本人沒有半點功勞，當之有愧。給我頒發證書的陳建生院士告訴我，他們天文台同事有時候在研究天象時，恰遇烏雲遮日，觀測不到星星，就坐下來神聊我的小說，他們中有我的鐵桿武俠迷，這就是為什麼會以我名字命名這顆小行星的內幕消息。」①

二〇〇〇年，李國寶和許多國際知名教授極力推薦金庸提名諾貝爾文學獎，心如水清的金庸卻預知不會得獎，輕描淡寫地分析原因說：「諾貝爾文學獎，我得不到的了。第一個原因，諾貝爾評審委員有政治偏見。第二，他們不鍾意講故事，愛講意識，講心理，所以一定不會把獎頒給我。可能得到諾貝爾獎的話，我的小說也沒有人看了。」金庸輕鬆自在的幽自己一默。

他認為巴金先生是最應得獎的中國作家，巴金的文章不純以故事為主，還對中國社會的演變有深刻的思考，如今巴金年紀已是過百，應快點頒發給他，否則便來不及了。正是識英雄重英雄，金庸並不執著自己的成就，反而推薦另一位文學家，可見他的心胸開闊。

① 張樂《金庸透露小行星命名內幕》，《揚子晚報》，二〇〇一年七月八日。

（三）

香港回歸前，巴金關注着《明報》的時政報道，尤其是金庸的評論，幾乎每篇都閱讀過。據女兒李小林回憶，巴金那一陣子情緒特別好，天天收看電視、收聽廣播、讀《明報》。香港的回歸，激發了老人無比的激情。他說：「中國人真正站起來了。」

香港即將回歸，讓巴金興奮不已。雖然寫字困難，但為了向更多人表達心中的喜悅，就在距回歸六天前的早晨，巴金為《文學報》一筆一畫地寫下了「為香港回歸而歡呼」八個字。而在此前幾天，巴金在給冰心的信中也寫下了這句話。

巴金身邊的工作人員還透露了一個鮮為人知的細節：一九九七年五月十六日，在從上海前往杭州的火車上，巴金聽醫生說起滬港列車即將正式運行，立刻接口說：「在杭州休養好，如果身體允許，我想十月或十一月去一次香港，在自己的國土上走一走。」一旁的李小林也接着說：「我們可以住在新華社香港分社，住上個把月，這樣可以免除疲勞，干擾也少一些。」

香港回歸前接受採訪時，巴金還清晰記得自己最後一次赴港是在一九八四年，接受香港中文大學授予的榮譽文學博士學位稱號。當時，巴金共逗留了十八天。其間，他把大部分時間都花在了接待青年讀者的來訪和座談會上，希望親耳聽聽青年讀者的聲音。

二〇〇五年十月十七日，一百零二歲的巴金逝世，得到此噩耗時，金庸正在劍橋大學學習，第二天他給新華社亞太總分社發傳真，以一篇題為《正直精神，永為激勵》的悼念文章，表達對巴金辭世的哀悼。

悼文說：「剛上完麥大維教授的讀書課，碩士班的同學共五人，讀的是拓本的《李邕墓誌銘》，銘文頭兩句是：『物寒獨勝，高不必全』。麥教授讓大家討論，我舉了毛澤東愛寫的兩句話『木秀於林，風必摧之；堆出於岸，流必湍之』為例解釋，這是中國人傳統的處世哲學，俗語所謂，『人怕出名猪怕壯』『槍打出頭鳥』，教人以養晦為上。……巴金先生是文學界的大作家，不論是非，當然免不了中槍，正如《李邕墓誌銘》中所說……巴金先生『文革』時遭受批判，幸而精神堅毅，得保性命，不致如李邕那樣『年七十三，卒於強死』，巴金先生堅持到今日，寫了一部擲地作金石聲、驚天動地的《隨想錄》。他多活了三十幾年，實在是中國文學界的大幸事。巴金這樣的英豪之士，正如孔璋對李邕的評價：『文堪經國，剛毅忠烈，烈士抗節，勇不避死，難不苟免。』」

「我一直想到上海醫院去看望這位我從小到大都欽佩的人，只是想到他老人家病中不宜勞神，這才就此永遠失去了機會。他女兒李小林小姐曾送我一張印有巴金先生肖像的瓷碟，我放在書房的架上，一轉頭就可見到他慈祥的笑容。巴金先生去世，我深為悲悼，寫這篇悼文時我在英國，但我知道，他的肖像仍豎立在我書房的架上，巴金先生正直的精神永遠是我的激勵！」

金庸稱讚巴金：「他的文字中充滿了激情，他說他寫作的宗旨是『把心交給讀者』。的確，在他所有的文章中我們都能接觸到他的心，領會他豐富而充沛的感情。以古典主義的觀點來看，似乎是不夠含蓄，發泄過分。我自己創作，當常喜歡文靜一點，清淡一點。不過我確曾為讀巴金的文字而流淚，少年時是讀到鳴鳳的自殺、瑞珏的難產而死，最近是讀到他寫妻子蕭珊的逝去。作者並非單純是感情的奔瀉，而是在深刻的哀傷和痛楚之中，忍住了自己的眼淚。他在寫作時忍住了眼淚，我在閱讀時卻忍不住了。」

他跟金庸爭辯秦始皇之好壞

——台灣著名作家柏楊

柏楊文學創作經歷了漫長的歲月：十年小說，十年雜文，十年牢獄，十年歷史。柏楊一生著述豐厚，《柏楊版資治通鑑》在台灣被譽為最有價值和最暢銷的書，《中國人史綱》被列為對社會影響力最大的十部書之一，《醜陋的中國人》在當代華人世界中流傳最為廣泛。

「柏楊第一次來香港，我跟他辯論了一次。他認為秦始皇很好，我認為秦始皇壞到透頂，我們辯論得好劇烈……」這是金庸的話。

「金庸先生筆下的民族大義澎湃如潮。」這是柏楊說的。

（一）

金庸結識柏楊，牽線人是為金庸武俠小說「解禁」的台灣遠景出版社創始人沈登恩。一九七五年九月，沈登恩赴香港見金庸，簽下在台灣出版金庸小說的授權合同書。洽談時，沈登恩說到正被囚禁中的台灣作家柏楊，說到柏楊不同尋常的經歷。

柏楊，原名郭衣洞。一九二〇年生於河南省開封市，後赴台灣從事教育工作。一九五三年，柏楊的第一篇散文在《自由談》上刊出。一九六〇年，在台灣橫貫公路通車前，他曾應邀前往參觀，當時最後一站位於「古柏楊」的隧道尚未竣工，他回家後提筆有感，開始使用筆名「柏楊」，並開始在《自立晚報》撰寫專欄「倚夢閑話」。

一九六六年夏天，柏楊接下《中華日報》家庭版翻譯《大力水手》漫畫，有一幅畫的是波派和他的兒子流浪到一個島上，父子競選總統，發表演說，開場時，大力水手說，「Fellows……」，這個詞，被柏楊譯成「軍民同胞們」，此為當時蔣介石發言中常見的對民眾的稱呼，留下聯想空間。一九六七年一月，《中華日報》刊出這幅漫畫，觸怒了台灣當局，柏楊因此遭到長達九年的監禁。在獄中，他寫成《中國歷代帝王皇后親王公主世系》、《中國歷史年表》及《中國人史綱》三部書稿。

沈登恩告訴金庸，他打算向台灣當局提出：查禁金庸小說的理由不能成立，應當解禁；查禁柏楊書稿的理由也不能成立，也應當解禁。

一九七八年柏楊出獄後，與女詩人張香華結婚。一九八〇年，他到馬來西亞和新加坡演講，回程的途中，曾在香港住了一個星期。

此時，《中國人史綱》剛在台灣出版，《七十年代》月刊發表了柏楊的一封通信，柏楊的書立馬在香港書店出現。這部獄中著史，「不為帝王唱贊歌，只為蒼生說人話」，以近八十萬字的篇幅，講述和評論了從盤古開天地的神話時代到二十世紀第一年八國聯軍入侵北京的整部中國歷史。作者常常開門見山又一針見血地進入歷史中最重要的事件和最關鍵的人物，分析勾勒，寥寥數筆，便使歷史中那些老朽的事件和人物神采頓生，也使隱藏在歷史積塵下的規則與真相昭然若揭。書中對秦始皇着墨不多，但是很有觀點，從秦始皇到李斯，再到他的一朝大臣，都有很細緻的點、面、體的描述，功是功，過是過。

那天，柏楊來訪，金庸剛讀了《中國人史綱》，正和張徹、董千里談論着柏楊的這本書。於是，兩位大家初次見面便發生了一場辯論。

金庸問柏楊：「你在書中說，秦始皇是好人，還是一個英雄？」

柏楊說：「是啊！公元前二二一年，秦王嬴政吞並東周，掃滅諸侯，建立歷史上第一個大一統的封建王朝。他不再稱王，而改稱皇帝，代表國家最高元首和不受任何限制的最高權力，把君權上升到超越一切的位置。秦始皇把一些亂七八糟的小國統一成為一個國家，天下一統，此功勞特大。」

金庸卻說：「你講秦始皇好，你是受了毛澤東的影響，我可認為秦始皇壞到透頂。在《笑傲江湖》

裡，我說任我行一旦一統江湖，也會像秦始皇那樣焚書坑儒摧殘文化，也會窮兵黷武不顧生民死活。」

一九七三年八月五日，毛澤東寫詩批評郭沫若尊儒反法的傾向，詩曰：「勸君少罵秦始皇，焚坑事件要商量。祖龍魂死業猶在，孔學名高實秕糠。百代都行秦政法，十批不是好文章。熟讀唐人《封建論》，莫從子厚返文王。」詩中含有為始皇帝翻案的意思。其實，長期生活在台灣的柏楊並沒有讀過毛澤東的這首詩，更說不上他的史學觀受其影響了。至於金庸，他所反感的不是「天下一統」，反對的恐怕是秦始皇那種伴彊域一統而偕來的思想鉗制、精神奴役。《笑傲江湖》中的任我行所追求的「一統江湖」，乃是「君師合一」的「一統江湖」。

董千里接過金庸的話頭：「如果秦始皇沒有像任我行那樣猝死，活過七十三或是八十四的年齡，那就有另一番情景。兩千多年以來，秦始皇在世人心目中的形象相當負面，出於『民本』思想，就沒幾個人肯為他說好話。」

正在執導拍攝電影《射鵰英雄傳》的張徹，對秦始皇也沒有好感，他說：「秦始皇要燒盡普天下的書籍，只保留極少數的醫卜種樹之書。這強力的摧殘，使得春秋戰國時代百家爭鳴的學術、黃金時代風消雲散，然而，中華文化並沒有給他毀滅，只因為秦朝統治的時期很短，來不及毀滅一切，有些書籍給人藏在牆壁裡，後來找了出來；有些書籍給人記在心裡，後來默寫了出來。如果秦朝延長到二三百年，很難想像今日的中華民族是否依然存在。」

對朋友的爭辯，柏楊不以為然，堅持自己在書中的觀點：「過去我們說起秦朝，就一筆帶過，就略說，或者用殘暴導致滅亡這麼簡單的概念去解讀秦朝，現在看來，秦朝的內涵遠比我們想像的豐富，我們得好好重新解讀這一複雜的朝代，重新解讀秦始皇這個人。我的意思不是想替秦始皇翻案，這個案實在沒有必要去翻。歷史所作的結論，老百姓在口碑中所作的結論，雖然並非完全是一種定論，但大致也八九不離十，總體來說，對秦始皇的評價還是較為全面的。」

最後，金庸引用柏楊書中的一句話來結束爭辯：「嬴政大帝的生命是多彩多姿的。」後來，張藝謀執導的電影《英雄》上映，有人問金庸：「很多中國歷史學家跟柏楊一樣說秦始皇是英雄，好的，你為什麼說不好？張藝謀拍《英雄》不就又說秦始皇好嗎？」金庸仍堅持自己的觀點：「張藝謀拍《英雄》一塌糊塗，秦始皇不應該是英雄。」

過幾年，柏楊在回憶錄中寫了這次香港之行，感慨道：「出獄後的第二年，曾在香港住了一個星期，看到了世界上另一種強勢文化。」

柏楊第二次到香港是一九八七年三月，香港電台舉辦了青年閱讀獎勵計劃的「開卷有益」的文化活動，邀請柏楊到香港出席頒獎典禮，他的《醜陋的中國人》一書被評為年度暢銷書。三月七日，當柏楊踏出香港啟德機場，記者趨前包圍，紛紛追問：「柏楊先生，你對大陸查禁你的《醜陋的中國人》，有什麼感想？」

柏楊的《醜陋的中國人》一書一九八五年初版於台灣。在書中，柏楊以「恨鐵不成鋼」的態度，強烈批判中國人的「髒、亂、吵」、「窩裡鬥」、「明哲保身」等國民劣根性，將中國傳統文化的種種弊端喻之為「醬缸文化」，稱其中有一種濾過性疾病使中國人的子子孫孫受感染，至今也不能痊癒。這本書通過非正式渠道從香港進入大陸之後，立即掀起了一股「柏楊熱」，「窩裡鬥」、「醬缸文化」等成為流行語，沿用至今。柏楊在書中對中國人民族性格的深刻觀察和尖銳批判引起巨大爭議。

隨後，香港電台記者告訴柏楊，胡耀邦曾對《醜陋的中國人》這本書加以肯定，所以大陸出版了五種版本，但後來掀起「反資產階級自由化」運動，書就被禁了。那記者問他：「你是否知道大陸對《醜陋的中國人》的反應？」柏楊回答說：「那時，大陸太遙遠了。我是來到香港才聽說的。有思維一元化的人是難免的，在台灣以及海外的華人也一樣，有幾個人能聞過則喜、聞善言則拜？」

隔日，《明報》對此作了報道，金庸評論說：「柏楊自稱是野生動物，不受傳統的教化，很多感悟是從生命出發。他寫《醜陋的中國人》一書，讓中國人知道自己的缺點，痛心中國的『醬缸文化』，反省中國人的『醜陋』，就是要中國人活得有尊嚴。他只是敘述事實，所謂愛之深責之切，並無醜化之意。」①

此行，柏楊還結識了在金庸身邊工作的潘耀明，時任《明報月刊》總編輯。一九九九年，柏楊應潘耀明之約，在《明報月刊》開設專欄，他的文章多對當代人的親情、婚姻、衣食住行表現出一位智者的思考。二〇〇二年七月，《明報月刊》將柏楊的專欄文章合集命名為《中國人活得好沒有尊嚴》，由金庸主持的明河出版社出版；二〇〇二年十二月，台灣遠流出版公司重新命名為《我們要活得有尊嚴》並出版；二〇〇三年一月，春風文藝出版社在香港版與台灣版的基礎上，增刪了一些篇章，推出漫畫版《我們要活得有尊嚴》。

（二）

在沒讀到金庸小說之前，柏楊對武俠小說的印象不佳。他說過：「中國武俠小說始終在神怪中打滾，不能脫離它的窠臼。」「我們最不能忍受的，是流行的武俠小說，幾乎每一部都跟人生和社會脫節，一批或一群武林高手，像幽靈一樣，只在深山大澤中現身，為一己的恩怨或利益，反覆打鬥。

① 江樺《柏楊睇哀過香港》，《七十年代》，二〇〇八年五月。

這些事跡，說他們發生在印度可以，說他們發生在非洲也可以，反正，他們跟芸芸眾生無關。嗚呼，武俠小說竟與芸芸眾生無關，它的價值就太低矣。以致人們發出一種感嘆，流行武俠小說，帶給讀者的是一陣一陣空虛，當放下書本的時候，往往悵然若失，自己恨自己白白殺了這麼多寶貴時間。人生苦短，又有多少寶貴的時間，允許被如此謀殺？」①這番話似乎沒有過時，今天的許多武俠小說不正是這種情況嗎？從這段話可以看出，作為一個讀者，柏楊對武俠小說有兩個要求：一是武俠小說不能「跟人生和社會脫節」，二是武俠小說不能「跟芸芸眾生無關」。否則，武俠小說的價值就太低，就會「帶給讀者的是一陣一陣空虛」，使人讀後「往往悵然若失」，浪費了許多「寶貴時間。」

然而後來，柏楊讀到了金庸的武俠小說，立馬對武俠小說的印象豁然一變。他說：「金庸武俠小說的興起，使武俠小說以另一副嶄新的面貌出現——它與眾迥然不同，不僅與今人的武俠小說迥然不同，也與古人的武俠小說迥然不同。第一，金庸先生的武俠小說是真正的武俠小說，有武，尤其有『俠』。第二，金庸先生的武俠小說是完整的文學作品，像大仲馬的《三劍客》是完整的文學作品一樣，它的結構和主題給你衝擊力，同等沉厚。這是一個突破。」

柏楊稱讚金庸道：「幾乎所有武俠小說的作者，都只是為錢而寫，只有金庸先生別有抱負，他

① 柏楊《武俠的突破》，引自《金庸百家談》，春風文藝出版社，一九八七。

運用熟練的歷史背景，對暴政下被迫害的農民與暴政蹂躪下的人權與生命，充滿了愛心和不平，對那些貪官酷吏賣國賊，則恨之入骨。尤其值得注意的是，金庸先生筆下的民族大義，澎湃如潮。」①

這只是柏楊的解讀，並不是金庸的初衷。金庸一直在追求和平安寧和幸福的生活倒是真的，儘管他細緻入微地描述大量的暴力打鬥場面，想像了無數驚心動魄的殺人武功，但在本質上他是個反暴力主義者。他曾不止一次地說：「我祖父、父親、母親的逝世，令我深深感覺不遭侵略、能和平生活的可貴，不論是國際間還是國家內部，最重要的是避免戰爭，讓人民在和平的環境中爭取進步，改善生活。暴力常是許許多多不幸的根源。」創作之時，他並沒有着意於「暴政蹂躪下的人權和生命」，或許那只是不經意中的流露。而有了這些，他的娛樂品就不僅僅只是簡單的娛樂了。不同的人完全可能從中讀出不同的內涵，這是其真正價值之所在。

柏楊的這些讚詞，讚的都是金庸小說的靈魂，也就是小說的主題。而今天的許多武俠小說，恰恰缺少這樣的主題或靈魂，這無疑是它們難以達到金庸小說水準的重要原因之一。

台灣著名出版人沈登恩推動了金庸小說的研究。倪匡的《我看金庸小說》，就是在他的鼓動下橫空出世的。於是，金學研究一發不可收拾，蔚為大觀。隨後加盟金庸小說研究寫作的有溫瑞安、

① 蒲華《名家讀金庸》，新浪博客，二〇一二年八月二十六日。

三毛、馮其庸、柏楊等文化名人，對金庸作品各抒己見。如此，金學研究在港澳台地區漸成一片大氣象。後來，金庸茶館易手台灣遠流，叢書規模更加宏大起來。二〇〇九年一月，柏楊和林清玄等人合著的《諸子百家看金庸II》由重慶大學出版社出版。

篇首，柏楊介紹：「金庸小說是與歷史結合的武俠小說，也是一部武俠小說的當代傳奇。眾多著名作家、學者各抒己見，各逞才情，『天龍之卷』講貫穿全書的愛與罪，講人物性格的悲劇；『碧血之卷』中探尋黃蓉的初稿——溫青青；『散評之卷』中笑談《笑傲江湖》中的武林盟主，等等。書中文體不限，論文、奇談、隨想、考證，兼容並包。充分呈現了金庸小說在華語世界的影響力。」

柏楊撰文說，或許有人以為，俠義精神與今天的法治精神相抵觸，但正如金庸先生自己指出的那樣：「武俠小說中的人物，決不是故意與中國的傳統道德唱反調。路見不平，拔刀相助，是出於惻隱之心；除暴安良，鋤奸誅惡，是出於公義之心；氣節凜然，有所不為，是出於羞惡之心；挺身赴難，以直報怨，是出於是非之心。武俠小說中的道德觀，通常是反正統，而不是反傳統。」因此，金庸小說中的俠客，大多可親可愛，如令狐沖，如洪七公，如胡斐，如楊過，他們見義勇為，他們光明磊落，在武俠世界裡，他們代表正義與善良。柏楊說：「一個人的高貴，主要在於危難時顯出他的善良，而（金庸筆下的）男主角做到了。武俠，正是這種堅守原則的氣質。」

（三）

二十世紀八十年代中期，中國的出版界十分活躍。花城出版社在內地率先出版柏楊的《醜陋的中國人》，是偶然，也是必然。說偶然，是因為「金庸的代言人」潘耀明將這本書推薦給了大陸出版界的朋友；說必然，當時中國內地學界反思國民性，出版界也十分活躍，柏楊嚴厲抨擊中國人的「醬缸文化」、「婆媳文化」，振聾發聵，而花城在中國出版界歷來以敢為人先著稱。

柏楊於一九六八年因言獲罪被判刑十二年。出獄後，他四處發表演講，最想講的題目是「醜陋的中國人」，但當時台灣沒人敢請他講。直到一九八四年，他受邀到美國愛荷華大學做短期訪問，終於發表了題為「醜陋的中國人」的演講。一九八五年八月，台灣林白出版社出版柏楊《醜陋的中國人》，立即引起轟動。

一九八五年前後，花城出版社在深圳兩次召開東南亞作家座談會，也正是在其中的一次會上，潘耀明對時任花城出版社社長兼總編輯的王曼說，柏楊出了一本《醜陋的中國人》，在台灣影響很大。然後將香港版的書給了他一冊。回到廣州，王曼仔細閱讀後，很受觸動，經過反覆斟酌，他決定出版這本書。①

① 蒲荔子、周豫《〈醜陋的中國人〉大陸出版內幕》，《南方日報》，二〇〇八年五月八日。

此書出版以後引起的反響出乎王曼的意料，儘管花城出版社特別在版權頁上標明「內部發行」，但一經面世，還是成了一大熱門，街頭巷尾幾乎人手一冊，當時印行了幾十萬冊，舉國震動，一時洛陽紙貴。在柏楊之前，魯迅先生曾經對中國人的國民性進行過批判，從二十四史中看出「吃人」二字。到了柏楊這裡，《醜陋的中國人》如同一把銀針，穿透了中國人麻木不仁的面皮，直抵脆弱敏感的神經叢。

一九八八年秋，柏楊離鄉近四十年後重返大陸，專門取道上海，上海是柏楊四十年前最後離開的城市。柏楊說，「大陸可戀，台灣可愛，有自由的地方就是家園」。此後，跟金庸不約而同，每隔三五年，柏楊總要回大陸，在北京、在西安和上海訪問。

一九九三年秋，金庸書房的書架上新添了精裝三十六冊的《柏楊版資治通鑑》。

二〇〇五年九月二十日，台灣遠流出版社成立三十周年，金庸和柏楊同時受邀參加慶祝茶會，現場通過一些實物的展覽來述說其三十年的故事，有多位作家的手稿，包括《柏楊版資治通鑑》的手稿，金庸編輯《天龍八部》新修版多次反覆推敲的真實記錄。

十月，查氏家族同樂會。金庸請來了柏楊、張香華夫婦，台灣遠流出版社社長王榮文等，由潘耀明作陪。「鏞記酒樓」的老板弄了一條很大的鰻魚，請大家品嘗。席間，暢談起兩岸三地的歷史文學寫作。金庸說，他正在修改《碧血劍》，並講到他的武俠小說其實也是歷史小說。因為他虛構的那些人物，其實都活躍在一個真實的歷史時代中。某個特定的歷史事件，某個特定的歷史朝代，都會衍生出一段曲折離奇的故事。他雖然寫了那麼多令讀者喜愛的俠客武士，但他其實一點也不懂武術。

柏楊說，碰到一位武林中人，還是某個門派的掌門人，對金庸書中寫到的降龍十八掌情有獨鍾，並言說這就是他的門派的獨門秘籍。金庸聽了笑了笑，緩緩地說：「這個降龍十八掌，其實是我編造的。」柏楊說：「你編造的一招一式，卻被武林中人奉為秘籍，可見你對中國武術的認識和感悟是何其獨到。」

二〇〇六年二月，柏楊對外宣稱封筆，他寫的最後一篇文章發表在香港《明報月刊》二月號上。那天，柏楊午睡醒來。夫人張香華輕輕走進臥室。遞過金庸的一本口袋小書《書劍恩仇錄·古道荒莊》，翻開扉頁，上書：「柏楊兄：病中消遣，偶來台北，深盼前來探訪，因事未果，常在念中，盼珍攝。弟金庸敬候。」落款日是二〇〇七年二月三日。柏楊翻看着小書，一陣感慨，當即回覆一信：「金庸兄長：謝謝你托榮文老弟帶來溫暖的信，我是老病交集，提筆發顫，記憶力日蝕，但感謝之情，與日俱增。柏楊。」落款日是二〇〇七年二月五日。他用顫抖的手寫下幾行歪歪扭扭的字。「榮文老弟」即台灣遠流出版社總經理王榮文，他同是柏楊和金庸的朋友。

三個月後，正在台灣參加政治大學八十周年校慶的金庸，前往柏楊府上拜會老友。這是他們的最後一次長談，聊起天來妙趣橫生。

柏楊居住在台北的新店花園新城，金庸誇他家的風景好，柏楊馬上回答：「我想出租它，要收錢呢！」他要金庸把隔壁的房子買下來，兩人做鄰居。

聽到金庸來訪，柏楊的左鄰右舍都跑來串門子，圍着金庸要簽名。金庸掏出筆要簽，柏楊立即出言提醒：「不要隨便簽名，他們要拿到銀行去提錢的。」兩人皆年過八旬，相較於金庸的沉穩，愛開玩笑的柏楊像個老頑童。

金庸獲頒政治大學名譽文學博士，柏楊半年前也獲頒台南大學名譽教育學博士。有意思的是，兩人求學時期遭逢戰亂，金庸大學畢業卻沒拿到文憑，柏楊更「慘」，小學、高中、大學的證件都沒有。金庸以史學大師陳寅恪都沒有證書來安慰柏楊，柏楊則笑答：「我很需要，因為打工要用！」

台灣政大的前身是一九二七年在南京成立的中央黨務學校，一九二九年改組為中央政治學校，抗戰期間搬往重慶，一九四六年中央政治學校與中央幹部學校合併，改名為政治大學，一九五四年政大在台復校後，成為招收普通大學生、以人文社會領域為主的綜合大學。金庸懷念起當年在重慶僅讀三年的政大歲月。他說，自己那時算是用功的學生，每天必讀一本中文書和幾頁的英文書，中文讀的是《資治通鑑》。「自己若有什麼小成就，就是來自當年在政大念書時不放棄的精神。」

英雄相惜。金庸與柏楊也互相傾慕。兩人都是彼此的書迷。柏楊說，自己多年前從出版社拿到一部金庸小說，「一個晚上就讀完了」。他說，寫武俠小說很容易泄露作者的筆力、胸襟與對理想的追求，金庸之外的武俠小說，多半「只是殺來殺去，誰是賊、誰是王都不曉得」。而金庸也表示自己正在讀《柏楊版通鑑紀事本末》一書。柏楊說，柏楊版《資治通鑑》得重新修訂，可是工程太浩大了。光是年號便要對很久，因為「從前的皇上沒事就改年號，一年可以改兩三遍！」

柏楊說：「昨天你和政大的孩子們聊得很開心，我聽說了。」

金庸說，昨日座談，透露了一個小秘密：在《神鵰俠侶》中，小龍女睡在繩床上的絕技，其實寫的是他年輕時睡在板凳上的故事，他說：「在重慶政大，我每天下午拿個長板凳，窩在那邊睡午覺，一個多小時也不會掉下來。後來我就把它寫進《神鵰俠侶》裡，小龍女睡在繩子上。」

有着深厚歷史知識的金庸，十分注重考據。儘管小龍女睡繩子的神功來源於他睡午覺的靈感，但並非每一項功夫都是胡謅出來的。據說，金庸真去過少林寺藏經閣，見識了少林絕學《易筋經》。

金庸說：「畢竟這裡全都是學弟學妹，身為大師兄總是要做一個典範，讓師弟師妹們學習。」

柏楊兩個月前剛過米壽八十八歲，因為「八十八」合起來像一個「米」字。金庸說，香港稱一〇八歲是茶壽，因為「茶」字的草頭代表「二十」，下面有「八」和「十」是「八十」，一撇一捺又是一個「八」，加在一起就是一百零八歲。他說，待到柏楊「茶壽」時，自己一定要來祝壽。這句話逗得柏楊咧嘴笑了。

柏楊反問金庸幾歲，聽到金庸比自己小五歲後，他立即以老大哥的口吻說：「你要好好讀博士喲！」①

二〇〇八年四月二十九日凌晨，柏楊病逝於台灣新店耕莘醫院，享年八十九歲。

「柏楊第一次來香港，我跟他辯論了一次。他認為秦始皇很好，我認為秦始皇壞到透頂，我們辯論得好劇烈，他認為秦始皇統一中國，把一些亂七八糟的小國統一成為一個國家，所以秦始皇對中國有貢獻。那時候張徹、董千里都是我的好朋友，大家圍攻他一個人。後來我們不談了，去吃飯。討論學術問題也不損害友誼，後來我們也是蠻要好的。柏楊生病的時候，我去看過他。」②金庸說這話時，有點兒歉意，更多的則是懷念。

① 陳宛茜《金庸來訪，柏楊像個老頑童》，《聯合報》，二〇〇七年五月二十一日。
② 李懷宇《金庸：辦報紙是拼命，寫小說是玩玩》，《時代周報》，二〇〇九年一月八日。

「明月」照耀下的「香港俞平伯」
——紅學家林以亮（宋淇）

「凡是有華人、有唐人街的地方，就有金庸的武俠小說。」林以亮說這話的年代，金庸還未「經典化」，還沒有所謂的「金學」。

林以亮是香港紅學前輩，在海內外有很大影響，《紅樓夢大辭典》將他與蔡元培、王崑崙等並列為八位著名紅學家之一。

他最早公開表示對金庸作品的重視和讚賞，在台灣有夏濟安，香港有林以亮。林以亮藏有金庸的整套武俠小說的簽名書。

（一）

一九六七年春，林以亮將張愛玲寫的《初詳紅樓夢》一稿轉遞給《明報月刊》，並很快發表。上年，內地「文革」烽起，金庸覺得傳統文化被當作「四舊」而遭到摧毀，於是他創辦了文化月刊《明報月刊》，以保存文化薪火。這段時間，香港的《紅樓夢》研究十分紅火，紅學論爭迭有發生。於是，金庸邀請林以亮來明報社一談。

林以亮生於一九一九年，原名宋淇，又名宋悌芬，浙江吳興人。一九四〇年，畢業於燕京大學西語系。比金庸年長五歲的林以亮跟金庸差不多同期從內地到香港，先在美國駐香港總領事館新聞處做翻譯工作，後在電懋電影公司擔任製片人的職務，後專任香港中文大學翻譯研究中心主任。因為工作不太忙，他開始寫文章，成為《明報》的特約撰稿人。

這天，林以亮跨進金庸的辦公室。

「感謝宋先生的推薦，張愛玲其實也是個紅學家。」金庸帶着敬意說道。

「應該是吧。她研究《紅樓夢》是在香港起步的，現在她在美國還惦記着中國香港。我寫信跟她說了《明報月刊》，她就囑咐我將這篇文章給了明報。」林以亮說道。金庸很高興：「我們需要這樣的大家文章。聽說張愛玲跟你同事多年，她跟你們夫妻的情誼很不一般，是不？」

一九五二年，海明威發表中篇小說《老人與海》，刊登這篇小說的美國《生活》雜誌在四十八小時之內竟售出了五百三十萬冊。也就在這一年的七月，張愛玲離開上海到達香港。她先在香港大學文學院註冊，準備繼續未完的學業，終因種種原因未能如願。後來，張愛玲來到美國駐香港總領事館新聞處找了一份翻譯工作，受到同事林以亮與鄺文美夫婦諸多照顧，彼此成為下半生最要好的朋友。①

與林以亮共事，張愛玲參與了大規模的美國文學作品中譯計劃。兩年之後，張愛玲翻譯了《老人與海》，中譯本於一九五五年由香港中一出版社出版。林以亮對金庸說：「海明威一九五四年因創作《老人與海》榮獲諾貝爾文學獎，這大概是張愛玲翻譯這部作品的緣由，何況這還是《老人與海》最早的中譯本。同年秋天，張愛玲就漂洋過海移居美國了。」

一九五五年張愛玲移民到美國，第二次結婚；一九六一年她的第二任丈夫賴雅患病，她急需要錢。當時最快賺錢的方法就是來香港幫電懋電影公司寫劇本，於是她重返香港。當時，林以亮是電懋的監製，可以幫她安排工作。很快，張愛玲寫出《南北一家親》劇本初稿，因她不了解南北文化的衝突，林以亮遂幫她修改，可以說是兩人合編，但為了張愛玲可以拿取全部編劇費，最後只署了她的名字。「其實，這一次做同事只有三個月，兩年後她又回了美國，寫她的《紅樓夢魘》去了。」林以亮說。

金庸自幼就讀《紅樓夢》，並影響了他日後的創作。如今有一位紅學大家坐在面前，他欣然說：「清朝的時候流行一句話，開卷不談《紅樓夢》，縱讀詩書也枉然。就算你四書五經讀了很多，

① 陳子善《張愛玲譯〈老人與海〉》，《文匯報》，二〇〇三年九月八日。

你不讀《紅樓夢》的話，你的知識還不夠。我一直感到《紅樓夢》這樣一部好的小說，為什麼沒有一位真正的小說家來批評、評論一下呢？是真正小說家的文學批評。我覺得很好看。」因而，他明示《明報月刊》主編胡菊人：「《紅樓夢》研究應是月刊的開卷大作，可多約學術大家的文章。」

金庸突然轉移話題，問：「胡適先生當年與你父親有交情，你見過他嗎？」

林以亮回答：「年幼時，家中來了一位笑眯眯的客人，教我下了一下午的西洋棋，後來才知道那便是大名鼎鼎的胡適。」

金庸笑了笑說：「胡適先生不認可我的武俠小說，可他的紅學觀點跟我是一致的。他反對我，我不反對他。」

話題又被拉回到《紅樓夢》研究上，兩人熱烈地討論着。金庸說：「胡適先生認為《紅樓夢》這部書是曹雪芹的自敘傳，這幾乎已經成為學界的共識，而張愛玲的文章卻稱『《紅樓夢》是創作，不是自傳性小說』，簡直是對整個新紅學的徹底否定，你怎麼認為？」

「不，細讀她的論述，隨處可見《紅樓夢》小說情節與曹雪芹家事關係密切的說法，其實她所否定的只是將小說一切情節、細節都與曹家故事印證的做法，她和我的觀點一致：《紅樓夢》是一部以曹雪芹家事為故事原型的具有自傳色彩的小說。」林以亮說：「張愛玲之所以強調《紅樓夢》

是創作，不是自傳性小說，或者與她對自己小說讀者的期待有關。張愛玲早期的小說，儘管也有家族親朋的故事原型，但總體上與她個人的生活經歷沒有什麼直接的關係，也可以說是沒有自敘色彩。」

林以亮告訴金庸：「當年電懋公司有多人爭着寫《紅樓夢》劇本，我和張愛玲也想寫，可我讓給了她，但未曾預料，編劇《紅樓夢》最後卻演變成張愛玲揮之不去的夢魘。」張愛玲編劇的《紅樓夢》被棄拍的主要原因，源自邵氏、電懋競爭的白熱化。電懋宣佈拍《紅樓夢》之後，邵氏也宣佈拍彩色《紅樓夢》。

林以亮回憶，當時邵氏手中三個大牌是樂蒂、林黛和李麗華，迎戰電懋搶拍《紅樓夢》時邵氏集所有片場之力，全力拍《紅樓夢》。「邵氏有現成的古裝片場，素來也有黃梅調電影，只要往裡填詞就可以。但張愛玲寫《紅樓夢》棄用黃梅調，改用國語，全部台詞是從無到有，我們都知道張愛玲對《紅樓夢》一直以來的敬重，從年少創作《摩登紅樓夢》，到晚年寫出整本考證，你可以想見她態度之慎重。張愛玲當時甚至寫到眼睛充血。」可就在這時，香港很多電影公司也群起拍《紅樓夢》，潮語片、粵語片，上海也傳來消息要拍王文娟和徐玉蘭主演的越劇《紅樓夢》。在這種形勢下，電懋決定放棄拍《紅樓夢》，已有的劇本胎死腹中。[1]這樣，張愛玲的紅學研究從

[1] 陳曉勤《張愛玲寫〈紅樓夢〉沒收到劇本費》，《南方都市報》，二〇一三年五月二十一日。

劇本創作轉向原著注評了。

金庸起身遞上一份聘書。林以亮成為《明報月刊》的特約撰稿人以後，他更加關注香港的紅樓夢研究，與金庸的關係更加親密了。

一九七三年三月，林以亮在《明報月刊》上撰文《喜見紅樓夢新英譯》一文。一九七三年初，英國企鵝出版社出版了五卷全譯本《石頭的故事》，是牛津大學講座教授大衛·霍克思根據程乙本《紅樓夢》翻譯的。這是七十年代英國文壇上的一件大事，也是《紅樓夢》翻譯史上的重要一章。林以亮給予高度評價，指出：「霍克思譯本有幾個特點，其中之一是把男女主角譯音，而把丫頭及次要角色譯意。寶玉、黛玉等當然譯音，襲人譯為『香氣』，平兒譯為『忍耐』。這是一個極聰明的措施。」「另一個特點是把『此開卷第一回也』從第一回的正文中提出來，另譯入序中。」「最重要的一點是譯文將每一字、每一句都譯了出來。這才是翻譯文學名著的不二法門，而霍克思在這一方面確煞費心思。譯者文筆流暢且又忠於原著，甚至連原小說中的雙關語都沒有　失遺漏，這給精通英文的讀者留下了極其深刻的印象。」①這篇文章是《明報月刊》當期的開篇，引人注目。

當年秋天，林以亮邀請歷史學家、漢學家余英時赴香港中文大學講學，學術報告會以「《紅

① 林以亮《喜見〈紅樓夢〉新英譯》，《明報月刊》，一九七三年六月。

樓夢》的兩個世界」為題。林以亮將講演稿《近代紅學的發展與紅學革命》、《紅樓夢的兩個世界》拿給了金庸，刊登在《明報月刊》一九七六年六月號上。此時，林以亮的紅學研究已經初露鋒芒，在《明報月刊》發表的論文有《新紅學的發展方向》、《論大觀園》、《論賈寶玉為諸艷之冠》等，每一篇文章都在《紅樓夢》研究領域產生很大影響。據說余英時《紅樓夢的兩個世界》的基本觀點，就來源於林以亮的《論大觀園》一文。

二〇〇〇年底，中國書店出版社將林以亮歷年來的紅學論文結集出版，名曰《紅樓夢識要》，其中有大量篇章是當年應《明報月刊》所約而寫。人們通常把紅學流派歸納為索隱派、考證派和文學批評派，林以亮無疑是屬於文學批評派。他研究《紅樓夢》的一個基本出發點，就是認為《紅樓夢》是一部文學作品，是小說，因此他十分注重對《紅樓夢》的文學成就、藝術特色、人物形象及在世界文學史上的地位的研究。

中國紅樓夢學會副會長蔡義江在《紅樓夢識要》一書的序中，稱林以亮是「香港的俞平伯」，這自然是一個很高的評價。如果說得確切一點，應該是「『明月』照耀下的『香港俞平伯』」。

（二）

一九六九年初春，在明報社長辦公室裡，金庸為林以亮泡了一杯茶，說：「宋先生，你的父親宋春舫，戲劇家的名聲我是知道的，而且我還知道，你還從事電影，真的不簡單。」

「謝謝查先生看得起我。說實話，在這幾年，我看明報，讀你的小說，在你身上學到了很多東西。」林以亮謙虛地說：「我在上海念書時有位同學夏濟安，他非常喜歡看武俠小說，並且認為武俠小說的創作大有可為，他就躍躍欲試也想寫武俠小說。後來，在台灣，有人給他看了你的《射鵰英雄傳》，他就給我寫信說：『真命天子已經出現，我只好到扶餘國去了。』可見，夏濟安先生對你真是佩服得五體投地。」

「哪裡哪裡，你在上海聖約翰大學附中念書時，我的哥哥查良鏗與你同學，由此說來，宋先生，我應該尊你為師。」說着，金庸深深地向林以亮鞠了一躬。

林以亮看的第一本金庸小說是《飛狐外傳》，再看《雪山飛狐》，後來才看《射鵰英雄傳》。一九六〇年，金庸創辦了一份小說雜誌《武俠與歷史》，一月十一日的創刊號，《飛狐外傳》連載於此。作品以主人公胡斐除暴安良為故事的中心，講述了胡斐為追殺鳳天南在路上所發生的一切，特別是主人公與兩位女性程靈素、袁紫衣所發生的戀愛關係，讓人覺得惋惜與無奈。如果說郭靖是金庸筆下的「為國為民」的「俠」的理想的化身，胡斐則是金庸「鋤強扶弱」的理想的化身。他可以為素不相識的一家三口打抱不平，不為所愛之人的懇求所動，體現出江湖一代大俠在愛情面前是那樣的脆弱與無奈。「我每天看《明報》，看《飛狐外傳》一篇不落下，我以為，陳家洛憂鬱不言，墳前灑淚，比《書劍恩仇錄》中可愛得多。」林以亮評論道。

金庸哈哈一笑說：「我早想把你請來一塊兒聊聊，今天終於見到你了，我很高興。只是這感覺有點怪怪的，哈哈。」

林以亮笑笑說：「昨晚偶遇倪匡和古龍，他們看見我也是感覺怪怪的。於是兩個人合力把我灌倒，他們的感覺就開始好了起來了。所以查先生看看有沒有必要，也這麼灌在下一次？」

「哈哈，難怪你遇到了那兩個老頑童，不醉才是怪事了。」金庸笑得很爽朗，突然又正色說：「宋先生，你不會是專程來找我聊天吧？」

林以亮正色道：「不錯，我的確有事有求於先生，是這樣的，我的朋友打算出一本雜誌，創刊號上有一則對你的訪問錄，所以請你幫忙，安排出時間，我們在一塊聊聊。」

金庸眉頭一皺道：「是你訪問我，還是你的朋友？看來我是非答應你不可啊。」

林以亮道：「我想，查先生是會給我這個情面的。」

金庸點點頭說：「呵呵，我都想不出拒絕你的理由了。那好，我會給你約定時間的！」

半年以後，在林以亮的朋友王敬義創辦的《純文學》第十月號刊登了林以亮對金庸的訪問記。摘錄其中的片斷：

林以亮：宋朝有一個詞人柳永。當時流傳這麼一句話：只要有井水的地方，就有人會唱柳永的詞。現在，我們也可以說同樣的這麼一句話：凡是有華人、有唐人街的地方，就有金庸的武俠小說。那麼，請問金庸先生，你是怎麼開始寫武俠小說的？

金庸：最初，主要是從小就喜歡看武俠小說。八九歲就在看了。第一部看《荒江女俠》，後來看《江湖奇俠傳》、《近代俠義英雄傳》等等。年紀大一點，喜歡看白羽的。後來在新晚報做事，報上需要有篇武俠小說，我試着開始寫了一篇，就寫下去了。那篇小說叫做《書劍恩仇錄》。

「凡是有華人、有唐人街的地方，就有金庸的武俠小說。」這是作家林以亮先生對金庸武俠小說流傳之廣的一種描述。這絕不是誇張之言，金庸小說的讀者數以億計，「金庸熱」是當代中國不可忽視的文化現象。

緊接着，林以亮用研究《紅樓夢》的口吻探索，他問金庸：「一般寫小說、寫戲劇，總有兩個不同的出發點。有人說，應該先有人物，後有故事。另外也有人說，應該先有故事，然後根據故事，再寫人物。那麼，請問你寫小說的時候，是人物重要呢？還是故事重要呢？」

金庸愉快地回答道：「依我自己的經驗，第一篇小說我是先寫故事的。我在自己家鄉從小就聽到乾隆皇帝下江南的故事，關於他其實是漢人，是浙江海寧陳家的子孫之類的傳說，這故事寫在《書劍恩仇錄》中。初次執筆，經驗不夠啦，根據從小聽到的傳說來做一個骨幹，自然而然就先有一個故事的輪廓。後來寫《天龍八部》又不同，那是先構思了幾個主要的人物，再把故事配上去。我主要想寫喬峰這樣一個人物，再寫另外一個與喬峰互相對稱的段譽，一個剛性，一個柔性，這兩個性格相異的男人。」

「所以我看你的小說，就有一個印象，覺得你那些小說與別人不同的地方，就在於你的人物創作，非常成功，很有個性，而故事情節，則隨着人物的性格而發展，這樣就避免了所謂『庸俗鬧劇』的傾向。」[1]林以亮分析道。

這一期的《明報月刊》刊登了林以亮《金庸訪問記》，文末寫道：「與金庸先後寫作武俠小說的作家不可勝數，其中有些作家在特殊的氣氛、譎異的情節、新奇的武術招數的創造上，可能

[1] 林以亮《金庸訪問記》，《香港純文學》，一九六九年十月號。

超過了金庸。可是以總成績、影響和號召力，以平均的成就而論，我們不得不承認：金庸值得我們特別注意。」

林以亮的「特別注意」，沒有「注意」錯，事後證明，金庸不但風靡了香港、海外的華人社會，連台灣、大陸也捲起了「金庸風暴」。他之慧眼，證明他有別於一般的批評家。

這是文學批評家對金庸武俠小說最早予以肯定的文章，而在這之前，金庸的武俠小說一直受到人們的苛評，弄得他不得不撰文承認自己「只是一個講故事的人」，好比宋代的「說話人」、近代的「說書先生」。為了這件事情，金庸一直沒有忘記《純文學》，沒有忘記林以亮對他的仗義支持。

六年以後，在《純文學》搖搖欲墜快撐不下去時，金庸派人找到王敬羲，說是要買全套的《純文學》，如果湊不齊全套，有多少本，就要買多少本，並附來一封短箋，「似乎是想表示一點支持之意」。當然，購買全套的《純文學》，杯水車薪，只是象徵性的支持，並不能挽救香港《純文學》停刊的命運。

（三）

一九八一年三月初，林以亮探親返鄉以後回到了香港。踏上岸，他感覺海風吹拂下，溫暖的感覺浸潤了整個身體。這種久別的溫暖，讓他舒服得差點呻吟出來。沒有感受過浙北地區的冬天，是不會覺得香港的冬天居然是如此的舒適。

浙江湖州老家的鄉村，苕溪眾多，民風淳樸，生活節奏很慢，在農閑時節，每天有用不完的閑暇時間。在那裡，人們是不會想像得到城市中的人，尤其是經濟發達城市中人，生活節奏是多麼的快，個人的空間被壓縮得多麼的少。

回來後，林以亮還未躺在床上休息，首先就打電話問候了金庸。

金庸顯得非常的高興，同時極其關心內地的情況，事實上，從五十年代來到香港之後，他已經有快三十年沒有回過中國內地了。

「改革之後的中國正在發生變化，深圳那邊，發展的很快。不過在中部發展的卻很慢，尤其是鄉村人少地多，農閑時候無所事事。同時，農民收入很少，安徽那邊的農民，一年只有二百元的收入，到了過完年之後，多半也就用完。很少家庭能夠擁有儲蓄。」林以亮對於內地的真實見聞，很有感觸。

金庸深深思索片刻說道：「有進步就好！特殊時期時，我在香港發文大罵內地。改革開放後，我寫稿稱讚內地政府。雖然我自認為了解內地，但是卻總是通過文字和圖片來理解，而沒有機會真正回到內地去深入體驗。真羨慕你啊，想去就去。」

金庸雖然交友廣闊，不少的朋友已經在內地身居高位。而辦《明報》更讓金庸的大名落入中央政府高層的法眼。不過正是因為辦了《明報》，使得他一舉一動被視為輿論、政治行為。因此進入內地，不是他想去就去，得需要有正式的邀請，他才方便到內地。幾個月後，金庸如願獲得邀請，帶着妻子兒女赴內地探親。

聽說金庸帶着妻兒回內地探親，林以亮也高興，關注着他們的行程。這天傍晚，他一邊觀看着電視，一邊品味着金庸饋贈的龍井茶，這茶葉聽說是他的弟弟從內地寄過來的。突然，一段畫面讓林以亮差一點兒從座位上蹦了起來：一九八一年七月十八日上午，鄧小平以中共中央副主席的身份會見了香港《明報》社的創辦人和社長金庸。一見到金庸，鄧小平就立即走上前去握着他的手，滿臉笑容地說：「歡迎查先生回來看看，我們已經是老朋友了，你的小說我讀過，我這是第三次『重出江湖』啊！你書中的主角大多是歷經磨難才終成大事，這是人生的規律。」

① 劉旭輝《生命鬥士戰鬥不止　棋壇傳奇不朽》，《新民周刊》，二〇一二年十一月15日。

鄧小平是金庸（查良鏞）武俠小說在中國內地最早的讀者之一。一九七三年三月，恢復工作不久的鄧小平從江西返回北京，托人從境外買了一套金庸小說，並對其愛不釋手。

金庸回到香港後，立即給鄧小平寄去了一套全新的《金庸作品集》。當年九月，《明報月刊》同時發表了金庸和鄧小平談話記錄及《中國之旅：查良鏞先生訪問記》，此書出版後，一時間洛陽紙貴，出版三天後就告罄，連續加印了兩次。

這天，林以亮去見金庸。

金庸述說着內地之行的見聞，忽然，林以亮插了一句：「你應該繼續寫下去！」

金庸說：「我覺得繼續下去，很困難。雖然為了報紙，有這個必要。……但是我每多寫一部書，就越覺得困難，很難再想出一些與以前不重覆的人物、情節。我想試試看是否可以再走一些新的路線。」其實，大多數讀者在當時並不要求金庸不重覆以往的人物與情節，只要重覆的內容不很多、不十分顯著，也就可以了。好像也沒有哪位讀者明確要求金庸「再走一些新的路線」，「《射鵰》三部曲」的舊路線反而是他們一直喜歡的。這些，都不是讀者的要求，是金庸對自己的要求。

「呵呵，閑着也是閑着。亦舒笑話我說，我是靠『江南七怪』和乞丐們撐起早期的《明報》。現在《明報》紅火起來了，就忘本了。其實，我沒有忘本，一直沒有丟掉武俠小說。從寫完《鹿鼎記》

後，我的筆並沒有停下來。新作是沒有的，但是這些年都在修改以前的書。修改付出的精力，比以前連載時候趕稿子時也不遜色多少。當然了，我也是看武俠小說的，但是除了古龍等人寫的之外，也沒有什麼特別引人注意的小說。你在內地發現有新的武俠小說嗎？」金庸顯得語重心長。

「書攤上有古龍的，許多青年學生喜歡看。噢，廣州出了一本叫《武林》的新雜誌，創刊號開始連載《射鵰英雄傳》。聽說一期就賣了三百多萬冊，很火！」

金庸咧嘴笑了。

林以亮的散文是他學識才情的真實而自然的流露。懷人憶事在他只是偶一為之，但一經出手，便文情並茂，感人至深，如傳誦一時的名文《私語張愛玲》和《毛姆和我的父親》等。金庸更喜歡他的序跋和讀書札記，如他為《四海集》（夏志清、林以亮、余光中、黃國彬合著）寫的序《秀才人情》，以武俠小說的「武功」術語貫穿全篇，出人意外又辭理俱勝，已被公認為台港學者散文的佳作。他那些短小雋永的《文思錄》、《再思錄》和《三思錄》（均收入《更上一層樓》），古今中外，書藝武術，無所不談，熔知識、見解、機智和幽默於一爐，活潑生動而又甘醇可口，令讀者回味無窮，金庸讚嘆「像用精緻的銀杯盛的陳年佳釀」。

（四）

在鄧小平會見金庸後不久，金庸小說在內地開始銷售，並很快成為暢銷書。金庸研究也從香港翻滾至內地而洶涌不息。一九八七年，張徹和董千里主編《金庸百家談》一書，內有林以亮的長篇訪談錄《金庸的武俠世界》。

有一天，林以亮和金庸從早晨談到中午，又從午後談到傍晚，晚餐後接着訪談。兩人從小說人物說到武功，延伸到人生的境界。林以亮一連說了三個「印象」，肯定金庸小說不同凡響的成就。在當年來說，實是「破天荒」；於今讀來，仍覺趣味盎然。

林以亮說：「另外我還有一個印象，覺得，你一連幾本小說的男主角，都有一個同一的發展原則，即集大成者。譬如《書劍恩仇錄》的陳家洛，《碧血劍》的袁承志，《射鵰英雄傳》的郭靖，《神鵰俠侶》的楊過，《倚天屠龍記》的張無忌，以至現在《笑傲江湖》裡的令狐冲，他們的武功，都並非從一派而來，他們的師父，總有好幾個，意外的機緣，也有很多，然後本身集大成。這算不算是你個人的一種信念呢？」

金庸回答：「倒不是故意如此，大概只是潛意識地，自然而然就是這樣吧。又也許因為，一般寫武俠小說，總習慣寫得很長，而作者又假定讀者對於男主角作為一個人的成長，會比較感覺興趣。如果我們希望男主角的成長過程，多彩多姿，他的武功要是一學就學會，這就未免太簡單了。而且，我又覺得，即使是在實際的生活之中，一個人的成長，那過程總是很長的。一個人能夠做成功一個男主角，也絕不簡單。」

緊接着，林以亮刨根問底：「還有一個印象，也許只是我個人的印象，就是你那些武俠小說的男主角，在他的成長過程當中，不管是人生的成長過程，或是武功的成長過程，發展到最後，每個男主角都總會發展到一個最高的境界。這最高的境界，也許我們可以借用王國維《人間詞話》那三種境界的最後一種來說明一下：『眾裡尋他千百度，驀然回首，那人正在燈火闌珊處。』這境界，似乎是那男主角自己悟出來的。譬如說揚過，發展到最後，起先是用鐵劍，後來是用木劍，最後是根本不用劍。還有張無忌，跟張三丰學太極劍，最後目的竟是要把學來的劍法都忘掉了。師徒兩人練劍的時候，張三丰問他：『你忘掉多少啦？』張無忌回答：『忘掉一半啦。』後來又再問，總之是要把劍招全部忘掉。現在《笑傲江湖》的令狐冲，最後『獨孤九劍』，也是沒有招數的。甚至陳家洛也是看了莊子，而悟出來了一種道理，達到武功的最高境界。這都是不約而同的，有這麼一個相同的傾向。關於這點，你私人的看法怎麼樣？」

「這大概是有一點受了中國哲學的影響吧。」金庸說：「中國古代哲學家一般都認為，人生到了最高的境界，就是淡忘，天人合一，人與物，融成一體。所謂『無為而治』其實也是這種理想的境界之一。這是一種很可愛的境界，所以寫武俠小說的時候，就自然而然希望主角的武功也是如此了。」

金庸曾說：「我是一個講故事的人。」林以亮問了一個講故事的技巧問題：「講好故事並不容易。在你的武術小說裡面，有好些因素，都是中國的舊小說裡面不曾有過的，譬如把現代西方偵探小說的技巧，也運用武俠小說裡面去。這裡我不妨舉一兩例。一個是《射鵰英雄傳》，譬如起先好像東邪下毒手殺人，到頭來卻是西毒下的毒手，而一路下來，不但郭靖給瞞過了，連讀者也是疑信參半，最後才揭曉。第二個例子是周芷若，起先讀者都以為她是正派，最後揭曉才知道她是反派。不過關於周芷若你剛才也解釋過，那是故意表明環境可以使一個人變好或變壞了。第三個例子就是《笑傲江湖》的聾啞婆婆，起先大家都不知道她是誰，最後揭曉才知道原來是儀琳的母親。這些，我都覺得你好像是受到了一點西方偵探小說的影響。」

「呵呵，你讀小說讀得很細心。不錯，偵探小說我一向都很喜歡看。偵探小說的懸疑與緊張，在武俠小說裡面也是兩個很重要的因素。因此寫武俠小說的時候，如果可以加進一點偵探小說的技巧，也許可以更引起讀者的興趣。」金庸鄭重其事地說：「其實，武俠小說雖然也有一點點文學的意味，基本上還是娛樂性的讀物，最好不要跟正式的文學作品相提並論，比較好些。不過老朋友一起談談，也無所謂。」

緊接着，林以亮從《神鵰俠侶》中的楊過，《倚天屠龍記》中的趙敏和周芷若等人物的正反角色轉換，詢問金庸的這種安排，算不算是故意為自己出難題呢？抑或只是一種文字上的遊戲？譬如「神龍擺尾」這一招，夏濟安先生對他的學生說過，拿粉筆向後面一摔，就是「神龍擺尾」。這是說笑話啦。你自己設計的時候又是怎樣的？有沒有像武俠片那樣，也有一個武術指導呢？

談起小說中的武道，金庸滔滔不絕：「關於武術的書籍，我是稍微看過一些。其中有圖解，也有文字說明。譬如寫到關於拳術的，我也會參考一些有關拳術的書，看看那些動作，自己發揮一下。但這只是少數。大多數小說裡面的招式，都是我自己想出來的。看看當時角色需要一個什麼樣的動作，就在成語裡面，或者詩詞與四書五經裡面，找一個適合的句子來做那招式的名字。有時找不到適合的，就自己作四個字配上去。總之那招式的名字，必須形象化，就可以了。中國武術一般的招式，總是形象化的，就是你根據那名字，可以大致把動作想像出來。」

「我覺得你最近的《笑傲江湖》實際上是又達到了一個新的高峰。我們當然希望你能繼續寫下去，不能夠休息三年五年。還有關於《書劍恩仇錄》，我覺得其中人物的刻畫，情節的發展，有些地方，太像《水滸傳》了。也許這是你的第一部小說，所以尚未達到你後來自成一派的境界，不知道你自己以為怎樣？」林以亮問了一個新問題。

金庸說：「我不會寫就模仿人家。在寫《書劍恩仇錄》之前，我的確從未寫過任何小說，短篇的也沒有寫過。那時不但會受《水滸傳》的影響，事實上也必然受到了許多外國小說、中國小說的影響。有時不知怎樣寫好，不知不覺，就會模仿人家。模仿《紅樓夢》的地方也有，模仿《水滸傳》的也有。我想你一定看到，陳家洛的丫頭喂他吃東西，就是抄《紅樓夢》的。你是研究《紅樓夢》的專家，一定會說抄得不好。」

林以亮說：「我不知道你自己知道不知道，在美國，有很多地方，都成立了『金庸學會』。中國籍的大學教授、學生，都參加了。我想主要的原因，有以下幾點：第一點，你的小說，經常談到中國儒家、道家、佛家的精神和境界。第二點，裡面也經常講到中國文化傳統道德標準：忠、孝、仁、義。第三點，你的文字，仍然保留了中國文字的優點，很中國化，並沒有太像一般文藝作品造句的西洋化，這在異鄉的中國人看來，就特別有親切感。在這情況下，我覺得你應該繼續寫下去。」

金庸擺了擺手：「這事，我真的不好意思講了。一些本來純粹只是娛樂自己、娛樂讀者的東西，讓一部分朋友推崇過高，這的確是不敢當了。我覺得繼續下去，很困難。雖然為了報紙，有這個必要。

有些讀者看慣了，很想每天一段看下去。但是我每多寫一部書，就越覺得困難，很難再想出一些與以前不重覆的人物、情節，等等。我想試試看是否可以再走一些新的路線。我想任何一種藝術形式，最初發展的時候，都是很粗糙的。像莎士比亞的作品，最初在英國舞台上演，也是很簡陋，只是演給市井的人看。那個有名的環球劇場，都是很大眾化的。忽然之間，有幾個大才子出來了，就把這本來很粗糙的形式，大家都看不起的形式，提高了。假如武俠小說在將來五六十年之內，忽然有一兩個才子出來，把它的地位提高些，這當然也有可能。」①

後來，林以亮離開香港去內地養病。若干年後，金庸歸鄉探親，專程看望過他。晚年，林以亮多病，在給金庸的信中幽默地署名「五湖廢人」，這是金庸小說《射鵰英雄傳》中，東邪黃藥師門下的弟子陸乘風的自號。

一九九六年十二月，林以亮在香港逝世。

① 林以亮《金庸的武俠世界》，載《金庸百家談》，春風文藝出版社，一九八七。

一面之緣，怨懟三十年
——「自由鬥士」李敖

那個夏天，身患重症的李敖得知還有三年的生命，便發出一封公開信：「想和我的家人、友人、仇人再見一面，做個告別。」邀請名單中有他的舊愛胡因夢，也有被他罵過的香港作家金庸，不知金庸在他心目中圈在友人抑或仇人之列。然而遺憾的是，因為病情惡化，李敖沒有熬到與金庸等人「相逢一笑泯恩仇」就安然離世，結束了他「人生如歌踏浪而行」的謝幕。

李敖憑借「自由鬥士」暴得大名後，曾邀請金庸到他家做客，然而，口無遮攔的他竟然當面揶揄金庸「偽善」，由此開始了兩人間三十多年的恩恩怨怨。

金庸說：「李敖先生是一位俠骨柔腸的好朋友，也是最難纏的敵人。」

（一）

一九七九年舊曆春節剛過，遠景書局老板沈登恩拜會了剛從監獄出來的李敖，隨之出版了其《獨白下的傳統》。李敖早年因寫《傳統下的獨白》而闖禍，被追訴多年，還坐了牢。這本《獨白下的傳統》是他獄中所思，是書名翻身，更是神龍復出，震動了台灣文壇。

這一年，金庸五十五歲，他的武俠小說先在台灣「解禁」。手握「通行牌」的沈登恩有幸獲得了金庸的授權，不失時機地在《聯合報》、《中國時報》連載《連城訣》和《倚天屠龍記》；同時，沈登恩登出《等待大師》的廣告，靜候金庸上島助威。

沐着金風秋色，金庸再次踏上台灣島，給台灣遠景書局出版《金庸作品集》吶喊助陣，順帶參加了台北市的「國建會」活動，做了一回輪值主席。

走下台，沈登恩遞上一張請柬，是李敖邀金庸「赴書舍敘談」。

李敖，一九三五年四月出生於黑龍江省哈爾濱市，一九四九年舉家赴台，定居台中。讀中學時，曾與恩師嚴僑（地下共產黨員）密謀叛逃，嚴僑被捕後，李敖念師生之誼對師母和三個小孩多有關照，並休學在家自修。一九五四年考取台灣大學法律專修科，因興趣不合，主動退學，重考進入台大歷史系，開始向《文星》雜誌投稿。一九五九年畢業後以寫作為謀生手段，因其文筆犀利、批判色彩濃厚，嬉笑怒罵皆成文章，「以玩世來醒世，用罵世而救世」，著有《北京法源寺》、《陽痿美國》、《李敖有話說》、《紅色十一》等一百多本著作，前後共有九十六本被禁，創下歷史紀錄，被西方傳媒追捧為「中國近代最傑出的批評家」。

第二日微雨，金庸赴約。李敖的寓所位於台北市中心城區的金蘭大廈。一按門鈴，李敖很快啟門笑迎，迎進書房。

書房約摸百餘平方米，沿壁均置幾乎達頂的高大書櫃，裝玻璃門的少，大多敞開，書籍擺得滿滿當當、整整齊齊。靠窗一側為低櫃，抽屜外貼着標簽，櫃上亦擺滿了書。書房靠裡頭有兩排及腰的長桌，桌也即櫃，裡面和上面橫豎都疊着、鋪着書籍，既有硬面精裝的，也有軟面線裝的，中外文齊備，而過道僅似飛機通道的寬度。偌大的書房中唯留下一塊鋪地毯的「空地」，長沙發兩側擺着雙人沙發。牆上散掛有西畫、對聯之物，一幅大尺寸的本人肖像照特別引人注目——臉容冷峻，戴淺色墨鏡正視前端，右手起食指封雙唇。這或是最能展現李敖個性的相片，耐人尋味。

李敖短髮，穿灰細格長袖襯衫、淺色卡其長褲，繫紫醬色領帶，戴淺色墨鏡，身板稍拘，臉容冷峻。沒等坐下，李敖便介紹自己：「我比你小得多，被關押五年八個月，在一九七六年十一月十九日無保出獄。獄中光線暗，我又愛看書，害得我眼睛壞了，所以一直戴墨鏡。」金庸問：「你的書房藏書有多少？」他答：「大約十萬冊以上。」談笑風生，兩人毫無初識之拘謹。

金庸一眼看到桌面上攤着一大疊貓的圖片，形態不一，搔首弄姿，挺有誘惑，便問：「你喜歡貓？」李敖笑說：「我喜歡貓，卻不養貓。」他認為養貓容易「玩物喪志」，影響工作成績，便以搜集貓的圖片、閱讀關於貓的書籍來望梅止渴。他戲謔自己愛貓研究貓卻不養貓，是一個徹頭徹尾的「愛假貓家」。

其實，金庸很早就關注過這位「愛假貓家」了。一九五九年《明報》創刊時，《文星》雜誌在台灣風頭正勁，已經引起金庸的注意。那年，李敖因維護胡適的關於「全盤西化」的演講，與反對者進行辯論，在島內掀起論戰，《文星》月刊的發行量因此大增。那時的李敖不僅僅是胡適的弟子，還是文化英雄。金庸找來他的文章仔細閱讀，發現有幾篇非常膾炙人口，如《傳統下的獨白》強調的是西化和反傳統，在學生圈裡震動很大，他們的眼睛好像一下子睜開了。

李敖將金庸視為朋友，還因為他倆曾經一同反蔣。一九六二年十月十日，蔣介石接連發表兩篇「雙十」文告，鼓動大陸軍民起來反共，許諾一旦事成，即對有功人員封官晉爵。金庸在《明報》發表《蔣介石的「雙十」文告》社評，不無嘲諷地指出：「從這兩個文告中可以很明顯的看出來，蔣先生沒有軍事「反攻」的信心，只是把希望寄托在大陸人民自發的反共行動上。在我們看來，大陸人民如果起義反共，也不至於貪圖台方一個『所光復地區軍政長官』的名義。」

李敖也在《文星》撰文揭露：「蔣介石罵別人『共匪』，而自己的軍隊被老百姓視若盜匪，未進城已『店鋪打烊』、『戶戶關門』！」春節前，李敖居然敢以公開到監獄探望有通共嫌疑的在押犯雷震的方式，抗議對他的長期幽禁。當時台灣在蔣介石治下，媒體噤若寒蟬，自動矮化，猛地看見一個敢說的李敖，一個敢說的《文星》，自然耳目一新，於是李敖橫空出世。

蔣介石怒了，一九六五年十二月二十五日，《文星》慘遭封殺，創辦人蕭孟能逃往島外暫避。幾年後，李敖進了國民黨的大牢，「受了十天酷刑之後，馬桶就在床頭，吃喝拉撒都在一處，地板時有蜈蚣老鼠出沒」。當年，金庸在《明報》上這樣評說他：「李敖批評中國傳統的文化與社會，基本上是一個文化批評者，比較不談當代的政治、經濟與社會議題。他對中國文化的批判，基本上是站在現代化、西化的角度，當然這個現代化裡面有不少自由主義成份。」字裡行間，頗有一番開釋他的意味。

很多年過去，金庸對李敖的印象已經不很清晰，恍惚記得他坐了很多年牢，出了不少書，罵了不少人，當然也泡了不少妞。

金庸落座，一番寒暄，說着各自的以往，發覺兩人早就趣味相投了。

李敖和金庸在大學時學的同是法律，又都熱愛歷史，但理想都不是做學者，兩人要做的是士大夫，是可以出將入相的棟梁。

一九五九年，金庸離開了《大公報》，投資八萬港幣創立《明報》，創刊之日起開始連載《神鵰俠侶》。李敖遭遇追殺時正是金庸與《大公報》論戰最激烈之時。當時的香港雖然號稱中立，但是左派的勢力早就滲透，甚至準備暗殺金庸，「豺狼鏞」是他當年的名號。

他倆的失落是時代的錯誤，日寇踏破白山黑水，李敖由哈爾濱而北京而輾轉台灣，日寇同樣炸毀了浙江海寧的查家大院，金庸由杭州而重慶而香港，兩人的命運和性格依然都是上一代文人所共有的。於是，李敖在台灣寫文章「罵人」，金庸在香港辦報紙，也「罵人」。

話題一轉，金庸說：「我是第二次來台灣了，上一次是一九七三年。」李敖接口：「那年頭我坐牢，不知道你來了，哦，後來知道了，你誇獎了蔣經國。我讀過你的文章……」一九七三年春，金庸應國民黨之邀，以《明報》記者身份赴台訪問十天，還與蔣經國等人見面會談，之後在《明報》連載《在台所見、所聞、所思》。蔣經國是「金庸迷」，但他與金庸所談的，並非武俠小說，而是時政國事……而李敖的一生功業全在於批判這「兩蔣」。

此刻，金庸不語，李敖又責備道：「就說這一次，你不該參加什麼『國建會』，自失你過去的立場。」金庸說：「我參加了，也說了不少批評的話。」李敖說：「這是不夠的，得不償失的，小罵幫大忙的，你參加這種會，真叫人失望。」

接着，談到金庸的武俠小說，李敖說：「胡適之說武俠小說『下流』，我有同感。我是不看武俠的，以我所受的理智訓練、認知訓練、文學訓練、中學訓練，我是無法接受這種荒謬的內容的，雖然我知道你在這方面有着空前的大成績，並且發了財。」

很有涵養的金庸，聽着，微笑着，不以為忤，謙遜地解釋着自己的觀點。說到《天龍八部》裡的佛經教義，金庸說：「大兒子去世以後，我開始研究佛學，如今我是一個虔誠的佛教徒了。」一九七六年十月，正在美國讀大學的大兒子查傳俠因失戀而自殺。此後一年中，金庸從書籍中尋求「生與死」的奧秘，忽然領悟到亡靈不滅的情況，於是從佛教中尋求答案。

李敖搖了搖頭，一字一句地說道：「佛經裡講『七法財』、『七聖財』、『七德財』，雖然有點出入，但大體上，無不以捨棄財產為要件。所謂『捨離一切，而無染着』，『隨求經施，無所吝惜』，總體上都是要人捨棄財產的，而你有這麼多財產在身邊，你說你是虔誠的佛教徒，你怎麼解釋你的財產呢？」

金庸有點窘，無言以對。

突然，李敖說：「我有一處房子，很大的，想出售，你要不要？我賣給你？」金庸說：「我不在台灣置產業，不購房！」李敖說：「這個房子半賣半送給你，你有了房子可以經常來台灣了。」金庸回答很乾脆：「你再便宜我也不要！」①

① 楊津濤《李敖想賣房子給金庸》，新浪娛樂，二〇一八年九月十日。

此時，門鈴響，開門進來一位姑娘，手裡捧着一盤水果，盛着葡萄、香蕉和一隻很大的甜瓜。李敖牽起姑娘的手介紹給金庸：「她是我的女朋友，剛交的，才一個月，你看她漂亮不？」不讓李敖講下去，姑娘說：「我是胡因夢，跟林青霞一塊拍電影，是演員。」落落大方地自我介紹。「她今年才二十六歲，比我小了十八歲，是她先給我寫情書的……」李敖忙接口。

金庸伸出手給胡因夢：「幸會！」

這是金庸第一次見胡因夢，以前只在銀幕上見過。半年以後，這間書房成了李敖和胡因夢的婚房。

一談八小時了，金庸有點怏怏不樂，匆匆告辭。

回到香港，幾十年裡金庸從沒提起過他在李敖家做客的事。

（二）

初次會面並沒有劍拔弩張，李敖開始貶損金庸是在兩年以後。

一九八一年，李敖舊話重提寫了《「三毛式偽善」和「金庸式偽善」》一文。先論三毛，「整天以『悲泣的愛神』來來去去，其實是瓊瑤的一個變種」，「無非白虎星式的剋夫，白雲鄉式的逃世、白血病式的國際路線，和白開水式的泛濫感情，這種偽善自成一家，可叫做『三毛式偽善』」。緊接着，他侃侃而談：「另一種偽善是金庸式的。……因為金庸所謂信佛，其實是一種『選擇法』，凡是對他有利的，他就信；對他不利的，他就佯裝不見，其性質，與善男信女並無不同，自私的成份大於一切，你絕不能認真。他是偽善的，這種偽善，自成一家，可叫做『金庸式偽善』。」此短文，李敖將其編入《李敖作品精選》第二輯《西餐叉子吃人肉》中，寓意他的筆是「西餐叉子」，吃的「人肉」中有金庸這樣的大佬。

對此，金庸的朋友蔡瀾反擊說：「他（李敖）的書很迷人，年輕時寫的，中年以後他到處罵人，一會兒說這個，一會兒說那個，連同居過的女人他也不放過，將她們的瘡疤一個個挖出來，這不是真男人做的事，他自個才不像個真君子。」①

學者劉國重也撰文駁斥道：「李敖的家產沒有金庸那麼多，卻也是家財億萬，他也像金庸一樣『有這麼多的財產在身邊』。我們知道李敖也並沒有捐棄全部家產——當然，李敖不像金庸那樣自稱『虔誠的佛教徒』。」②

① 《李敖說金庸是偽君子，蔡瀾反擊李敖不是人！》，愛奇藝，二〇一七年十月三十日。
② 劉國重《金庸式偽善與李敖式無恥》，金庸網，二〇〇八年六月十五日。

從那以後，李敖經常在各種節目裡污損金庸。有一次李敖做客鳳凰衛視的「鏘鏘三人行」節目，主持人問李敖：「您怎麼評價金庸先生?」問這句話的時候，金庸已經名滿天下。出人意料，李敖回答：「金庸的小說狗屁不通，完全不入流。」在場觀眾都驚呆了，怎麼說金庸在華語作家圈也是大名鼎鼎，你李敖再厲害，把金庸貶得一文不值，這也太狂妄了吧!這還不算，主持人繼續問他：「那你讀過金庸的小說嗎?」李敖說：「臭雞蛋聞一聞就行了，用得着全吃嗎?」在李敖眼裡，金庸筆下的那些俠義江湖，通通就是不入流的虛假的東西，和臭雞蛋沒什麼兩樣。

不久，在另一檔電視訪談節目裡，李敖把金庸武俠的內容延展到了金庸本人，他說：「金庸筆下的俠義寫的非常好，但是全部都是虛偽的，金庸本人沒有一樣做得到。」「我跟你實話講，我根本一點都看不起他。他弄的都是些什麼亂七八糟的玩意啊!胡適說過，那全都是下流中的俠義，就連金庸他自己都沒能夠做到，如果信仰這個就要實打實的去實現啊，總在那裡研究各種精神，弄各種文藝，一點實踐都沒有，就像余光中和金庸這些人都是一種人，所以我都看不起。」他不僅開涮金庸，還把台灣詩人余光中也連帶上了。

總之，李敖對金庸的痛批主要集中在兩點五個字，一點他認為金庸武俠「不入流」，另一點則直接痛批金庸本人「虛偽」。

一　李敖為什麼如此怨懟金庸？這還得從金庸與胡適結下「梁子」的往事說起。

一九五九年十二月八日，胡適在台北木柵的世界新聞學校演講，主題為「新聞記者的修養」，他說：「記者要多看偵探小說，我們中國文學的唯一的缺點，就是沒有翻譯的最好的偵探小說。現在有許多報紙都刊武俠小說，許多人也看武俠小說，其實武俠小說實在是最下流的。」「偵探小說是提倡科學精神的，沒有一篇偵探小說，不是用一種科學的方法去求證一件事實的真相的。」胡適當然不知道金庸何許人，但他夫人喜歡看金庸的武俠小說，他家書架上就有，所以他這樣說，或許不無針對性。

金庸讀到演講內容後，怒從心起，雖然胡適並未表示針對具體某人，但金庸彼時已經憑借《書劍恩仇錄》、《射鵰英雄傳》等幾部作品，成為新派武俠的代表作家，自然將胡適的表態視作對自己的挑釁和抨擊。於是，金庸迅速作出反應，於一九五九年十二月十日在《明報》發表社評《最下流之胡適之》。金庸在文中稱，胡適數十年來，始終看不上《水滸傳》，貶低京戲，批評中國人懶惰骯髒不可救藥，既然如此，為何不去美國，而要留在台灣，莫非認為台灣非中土麼？難怪美國人稱「我的朋友胡適之」，那麼有骨氣的中國人必得稱其為「最下流之胡適之」了。

金庸這篇社論被認為是金庸最失水準、毫無節制的一篇。

這還不夠。一九六二年二月十二日，《明報》有一條「本報訊」《胡適公開逼蔣下台》，後面還有一條嘲諷胡適的編者按語：台灣地區的大會「開鑼在即，胡適卻公開要求蔣介石以『雞犬不驚』的方式將『政權移交』出來。『雞犬不驚』，反面就是『雞犬不寧』。換言之，胡適以此威脅老蔣：如不交出『政權』，今日台灣就會雞飛狗走。『不驚』反襯『不寧』，句中殺氣騰騰。此事足可證明，雞鳴狗盜之徒在台灣大有人在，而此輩後面蓋有使花旗銀紙之假孟嘗君作老板耳。」李敖也知道，這按語是《明報》總編輯金庸所添寫。

就在這一年，胡適去世，作為中國文化界的泰山北斗，應該是值得深入報道的，然而《明報》僅僅在第四版中間登了一篇篇幅不大的報道，金庸本人也沒有表示哀悼。由此可見，金庸對於胡適批評武俠的態度，是一直耿耿於懷的。

作為胡適的得意門生，李敖欲報這「一箭之仇」，也是他的性格所致。

（三）

李敖屢屢怨懟金庸，金庸究竟在什麼地方得罪了他呢？

二〇〇一年四月下旬，已是七十七歲高齡的金庸訪台，回答記者的提問時，他解釋說：「我跟李敖本來要好的，他請我到他家裡去。後來因為他跟胡因夢離婚了，《明報》照實報道，他怪我為什麼不幫他，我說：我們辦報紙的人完全公平講話，絕不因為私交好就幫你。」

胡因夢，就是金庸在李敖家裡見過一面的那位女神，二十歲時因出演電影《雲深不知處》而走紅影壇。金庸的《明報》當年可沒少給過她版面。

胡因夢出生於滿洲貴族，父親曾任中央陸軍軍官學校教官。她從小接受良好教育，從不願循規蹈矩將自己放在一個框子裡。胡因夢從輔仁大學德文系退學去了紐約改學大眾傳播時，曾流傳這樣一句話，「胡因夢離開後，從此輔仁沒有春天」，因為春天被她帶走了。

一九七三年，胡因夢從紐約大學畢業回到台灣，被導演相中，從此進入電影圈。徐克說五十年才出一個林青霞。可當胡因夢當女主角的時候，林青霞只能當女二號。論美貌她更勝林青霞一頭，是當年台灣第一美女。

一九七九年春節過後，遠景書局出版了李敖出獄以後的第一部著作《獨白下的傳統》，李敖由此衝出了因當局打壓而造成的陰霾。李敖的復出，震動台灣文壇。電影明星胡因夢也為李敖出山寫了一篇叫好的文章，由台灣最有影響的《工商日報》刊發，名為《特立獨行的李敖》。

胡因夢和李敖曾是鄰居，打小就聽說了這個狂人的諸多奇聞異事。九月，胡因夢在朋友蕭孟能家裡，第一次見到了李敖。李敖這樣描述：「如果有一個新女性，又漂亮又漂泊，又迷人又迷茫，又優游又優秀，又傷感又性感，又不可理解又不可理喻的，一定不是別人，是胡因夢……」①

胡因夢在自傳裡，這麼描寫第一次見到李。李敖給胡因夢和她媽媽很規矩地鞠了一個九十度的大躬，後來胡母說，李敖那個躬鞠得怪嚇人的，這個年代已經沒人行這麼大的禮了。她說：「在這之前『李敖』兩個字，對我而言早已不陌生，不但不陌生，簡直就是中國文人裡面最令我崇拜的偶像，而且這股癡迷的崇拜是自小種下的因。」可見，李敖的思想文采，胡因夢傾慕已久。

李敖和胡因夢，一個是特立獨行的絕代才子，一個是千萬男人的夢中情人，兩人的傾心相戀馬上引起讀者和觀眾的注意。然而，她母親不滿李敖的一些做法，禁止胡因夢與李敖來往。一九八〇年五月五日，胡因夢穿着睡衣從家裡逃了出來，深夜出現在李敖家的客廳。第二天，也是穿着這身睡衣，在友人的見證下，與李敖完成了婚禮。友人讚嘆：「這是最美的臉蛋與最聰明的腦袋的姻緣。」

與此同時，昔日紅遍台灣的電影明星胡因夢開始遭遇冷落。就在胡因夢結婚不久舉行的台灣電影界盛大的金馬獎頒獎儀式上，以往一貫被台灣新聞管理部門出面請來擔任主持人的胡因夢，

① 竇應泰《我為卿狂（李敖的三次驚世婚戀）》，北方文藝出版社，二〇〇〇，第二一三頁。

這次卻被冷落在角落裡！

胡因夢辭了電影演員的工作，做起了家庭主婦。她養了一只小花貓給自己做伴，常有朋友讚嘆「美女養的貓也是最漂亮的」。而在李敖眼裡，養貓卻不照顧貓的胡因夢是個「假愛貓家」。

結果，這段「最美的姻緣」只維持了三個月又二十二天。

在一次記者招待會上，記者問李敖：胡因夢那麼美，對你又那麼癡心，為什麼你捨得離棄她？李敖回答：「我是個完美主義者，有一天，我無意推開沒有反鎖的衛生間的門，見蹲在馬桶上的她因為便秘滿臉憋得通紅，實在太不堪了。」在場所有人哄堂大笑。

李敖還把這件事寫進了自己的書裡，後來，很多記者借李敖的話嘲弄胡因夢，胡因夢卻淡然一笑：「同一個屋檐下，沒有真正的美人。」

李敖與胡因夢的相戀和相棄是當年港台媒體的熱議話題，《明報》也不例外地刊登過李敖的一首打油詩《只愛一點點》：「不愛那麼多，只愛一點點。別人的愛情像海深，我的愛情淺。不愛那麼多，只愛一點點。別人的愛情像天長，我的愛情短。不愛那麼多，只愛一點點。別人眉來又眼去，我只偷看你一眼。」詩句很短，金庸的評語也短：「既保留又靦腆，遊戲人間而又魅力十足，情聖也！」

晚年，李敖在自傳中，用《胡茵夢出現》、《從結婚到離婚》、《空中小姐》、《君君》、《「問白雲」》、《我的快速反應》、《婚變》、《婚變伏擊，原來在此》、《路遇胡因夢》九節的篇幅寫這一段緣起緣滅，一反之前的痛罵姿態，重現風流才子李敖的倜儻和深情，當然，也還是沒有忘了吹牛。

李敖說離婚的原因，是因為胡因夢在他與友人的一場官司中做了偽證，並且參加了批鬥他的集會，所以他不能容忍。胡因夢則說，李敖婚後的偏執、敏感多疑，磨掉了當初讓人崇拜的光芒。

一九九九年，胡因夢在自傳《死亡與童女之舞》裡，用一萬多字記述了他們的婚變：一九八〇年二月，《文星》雜誌和文星書店創辦人蕭孟能突然從智利回到台灣，發現自己托管給李敖的「花園新城房子已經被退租，家具和古董全被搬空，天母『靜廬』也換到胡因夢的名下，委托李敖處理的水晶大廈，更被法院拍賣了」。經多方交涉未果，蕭孟能於八月二十六日以「背信與侵佔」為由將李敖告上法庭。而李敖則以「誣告」反訟蕭。在這場訴訟與反訴訟中，當時還是李敖妻子的胡因夢，以公正的姿態挺身而出，揭露李敖侵佔蕭孟能家產的醜惡行徑，極力幫助維護蕭孟能。胡因夢更指李敖並非「具有真知灼見又超越名利的俠士」，而只是「一個多欲多謀、濟一己之私者」，乃「暗自在心中打定了去意」。

胡因夢回憶起兩人當年的離婚情景仍頗為感傷：「當天下午李敖拿着一束鮮花，打着我送他的細領帶，在律師的陪同下來到世界大廈準備和我簽離婚協議書。」

而事實上，在那場歷時三年的財產侵佔官司以及為了離婚而與李敖鬥智鬥勇的過程中，胡因夢所付出的心力，是外人無法體會的。在經歷了快樂、悲傷、背叛、憤怒之後，在感受了李敖人性中的醜與惡並從中學會如何面對之後，胡因夢終於可以放鬆地談論李敖，並且毫不諱言，「他是最令我『感恩』的一個男人」。

蕭、李對簿公堂，在當時是大新聞，香港《明報》作了詳盡的跟蹤報道。

這一案件對雙方的名聲都不利，對以民主鬥士自命的李敖尤其不妥，妻子胡因夢在審判中站在原告（蕭）的那一邊，更令他顏面無光。他在那場官司中初審勝訴二審敗訴，被判六個月有期徒刑，也是他第二次入獄。

《明報》引用胡因夢的原話表達對李敖的看法：「李敖是唐璜式的情聖，看起來玩世不恭、遊戲人間而又魅力十足，但其實他才是最封閉的、對自己沒有信心的，他以阿諛或寵愛來表示對女人的慷慨，以贏得女人的獻身和崇拜，然而在內心深處，他是不敢付出情感的。」也許這些話真的戳中了李敖的痛點，李敖在《李敖有話說》節目裡有整整七十集，反反覆覆地咒罵胡因夢。

當然，對於《明報》的報道，李敖也是耿耿於懷，大概在他看來，別人看不明白，金庸不該看不明白。

李敖說：「金庸的風度極好，他對我的話，不以為忤。雖然他此後在他的報上不斷誹謗我。」他似乎認定，因為自己對金庸有所批評，金庸才在一年後的「背信與侵佔」案的報道中顛倒黑白，明知李敖冤枉還是站到了對立的一面。

對此，學者劉國重替金庸喊冤，說了公道話：「那麼其他香港報紙與《明報》的立場基本一致，這又作何解釋？《明報》偏重文化，對於一位大出版家和一位大作家的官司，如果《明報》不比其他報紙更關注，那反而奇怪了。」①

（四）

對於李敖的謾罵，一向以理性、獨立、客觀自居的金庸很不以為然，從不接招，以沉默相對。二〇〇五年，有媒體向金庸問及他和李敖的關係，金庸的回答是：「我跟李敖是朋友，和而不同，很多時候我們的觀點是一樣的。他愛民主，愛統一，反對獨裁，反對台獨，我也是。」

① 劉國重《金庸式偽善與李敖式無恥》，金庸網，二〇〇八年六月十五日。

一九五九年七月三日，《明報》創刊不久，金庸即在《蔣介石是否連任》的社評說：「不民主固然不妙，但比這更不妙的是，要由外國人來決定他是否連任。我們反對獨裁、反對不民主，但最最反對的，是中國人的事要由外國人來代勞。」七月六日，他在社評《君子動口不動手》中說：「我們根本反對中國人自己打來打去……大陸與台灣問題最後終於要統一，作為中國人，問題的解決，我們希望這日子越早來越好，最好是用君子辦法，俗語有云『君子動口不動手』。」

一九七一年三月，李敖口出狂言說蔣介石搞獨裁，一石激起千層浪，眾人皆知蔣介石就是在搞獨裁，但沒有人敢站出來說，敢怒不敢言，這是李敖在島內點燃炸藥，搞得人心惶惶。要知道獨裁可是蔣介石的逆鱗，最忌諱有人抨擊他獨裁。蔣介石通過媒體得知後，勃然大怒，將桌面的文件和雜物全部揮至地下，然後拍案而起：「給我拿下他！」在蔣介石的命令下，李敖遭到國民黨當局的軟禁，後被判刑十年，一九七五年李敖被保釋出獄，而出獄不久的他，再一次為言論自由而奮鬥，九八二年再一次遭到蔣經國逮捕，後被保釋出獄。

陳水扁執政時期，李敖題了一首七言詩《台灣無處不中國》：「妄想海峽兩地隔，妄想台獨自快活。我且當頭來棒喝，台灣無處不中國。」他自許是「在台灣的中國人（不是台灣人）」。他毫不隱諱，他的知識結構的基礎，就是早年在北京建立起來的，他在台灣文化界有地位，因為他的文化底子別人比不了。「我們都是中國人嘛。為什麼兩岸很多東西分隔這麼多年啊，還這麼熟悉，還這麼很親切的原因，就是它有共同的文化、共同的血統，有它歷史上的共同背景，很多看法也相距不遠，不過解釋上可能會不一樣……」於是，他高舉統一大旗，疾呼「一國兩制」，反對「台獨」，反對「公投制憲」，反對軍購，自稱左派知識份子，希望共產黨領導中國繁榮富強……李敖罵蔣介石，罵李登輝，罵民進黨是一群爬樹的猴子。他罵了一輩子，抗爭了一輩子。

二○○五年九月，秋高氣爽時節，李敖赴大陸展開「神州文化之旅」，行程包括香港、北京和上海，在北大、清華、復旦三所頂尖高校發表了名為「金剛怒目、菩薩低眉、尼姑思凡」的系列演講，尤其對自己成長的北京，他特別感同身受：「有城牆的北京，我記憶猶新，但往事，恍然如昨。」在北大，他捐款為胡適塑像。

二○一一年四月，李敖再次來到大陸，為紀念辛亥革命一百周年，在廣州暨南大學參加「百年暨南文化素質教育講堂」，作了題為《黃花崗第七十三烈士》的講座。在汕頭大學講演完後喉嚨發炎，是日在廈門，他胸前掛着卡片，上寫「喉嚨發炎，只能對你笑」。

對於李敖和金庸，有一句話概括得非常好，「李敖除草，金庸種花」。他倆的性情有許多相同之處，但也有許多的不同。金庸生性溫良恭儉讓，是著名的謙謙君子。雖然他創造了許多比李敖更藐視天地，視萬物為無物的老頑童呀，東邪西毒中頑童，令狐冲韋小寶，都是謔浪風塵、遊戲人間的怪物，世俗禮法不為他們而設，繁文縟節不為他們而存，肉體已然老去，靈魂永如赤子。這些精神獨立，有自己倔強價值觀的頑童，豈會在乎別人的只言片語？而創造出這些頑童形象的金庸本人，雖然內心裡狂野浪漫激情如少年，可外表上卻是溫柔敦厚，文質彬彬的「一介書生」。

而李敖性格與金庸恰恰相反，剛烈激憤似火，眼裡容不得沙子。早在《文星》時期，還是少年的他就認為：「矯枉不忌過正；只要能打倒敵人，嬉笑怒罵，皆成文章。」他的一句名言是：「別人都罵你王八蛋，而我能證明你為什麼是王八蛋。」他一生反封建，罵暴政，揭時弊，呼籲政治民主，鼓吹言論自由，嬉笑怒罵、刀刀見血。誠如著名節目主持人楊瀾所說：「這是一個有大中華的情懷的男人，雖然偏激，但滿腹經綸，然而就是這麼一個有才的人，卻不得不在一個相對狹小的空間內，在許多無聊的人和事上耗損大量的光影。」

李敖說看不起金庸的小說，可他在台灣主持的電視節目叫「李敖笑傲江湖」，在香港鳳凰衛視開播的節目叫「笑傲六十年——有話說李敖」，明顯是借用了金庸小說。

《明報》曾經報道，香港著名導演吳思遠在一次聚會時談起香港的「優才計劃」，引起李敖的興趣。由於子女都已不在台灣生活，李敖有意移居香港。金庸聽了，別人以為他會反對，而他出乎意料地表示贊同。他對吳思遠等人說：「李敖先生是一位俠骨柔腸的好朋友，他和我友好，也是最難纏的敵人。這麼傑出的人才移民過來，更加說明了香港的魅力，是香港文化活力的一個標識，我們應該歡迎他。」李敖填寫了申請表，吳思遠向入境處寫了推薦信，力促接受李敖移民。後來，李敖沒來香港，金庸深感遺憾。

金庸大度，將「最難纏的敵人」視作「俠骨柔腸的好朋友」。李敖一邊令人厭之惡之，一邊令人敬之羨之。

二〇〇〇年，李敖「用血與淚」撰寫的史詩式小說——《北京法源寺》，被諾貝爾文學獎審核小組正式提名為諾貝爾文學獎的候選作品。李敖作為我國作家群中獲此殊榮第一人，足可被視為中國人的驕傲。

才華橫溢、觀點犀利、個性張揚的李敖被認為是全球最具知名度和影響力的華人作家之一。

二〇一二年八月，美國《僑報》、英國《英中商報》等海外主流華文媒體同步發佈的「華人作家影響力和話語權排行榜」上，李敖力壓金庸等人，高居榜首。根據百度新聞指數和社會話題指數為主要參考依據的「中國作家媒體關注度」排行榜中，李敖排名第六，排在金庸之後。

二〇一七年六月，李敖自曝罹患腦瘤，只剩下三年生命。在這個節骨眼上，他想辦一檔談話節目，見一見金庸和胡因夢等人。他親筆寫信公開邀請：「我這一生當中，罵過很多人，傷過很多人；仇敵無數，朋友不多……我就想，在這最後的時間裡，想和我的家人、友人、仇人再見一面做個告別，你們可以理解成這是我們人生中最後一次會面，『再見李敖』及此之後，再無相見。」其中提到了他所設想的節目流程，「我們可以一起吃一頓飯，合一張影，我去帶你看可愛的貓，我會全程記錄我們最後一面的相會……」

二〇一八年三月十八日，八十三歲的李敖病況急轉而去世。他的好朋友、作家蔡康永惋惜地說，「他一個人身上，有東邪西毒南帝北丐中神通；他不在，那個江湖就不在了」，而這正是金庸在小說中創造的「怪傑」。

有情有義最像金庸小說裡的楊過
——台灣作家林清玄

楊過是金庸武俠小說《神鵰俠侶》中最有魅力的一位男子，聰明機智，情緒激烈，至情至性，風流英俊。「風陵渡口初相遇，一見楊過誤終生」，不止是誤了郭襄的一生，也是眾多少男少女心中永遠抹不去的偶像。

台灣作家林清玄稱自己身世辛酸卻有情有義，最像金庸小說裡的楊過。一九五三年二月二十六日，林清玄出生於台灣高雄縣一個世代務農的家庭，家裡一共有十八個兄弟姐妹，他排行第十二。林清玄曾詼諧地說：「如果生活在金庸的武俠小說裡，可以稱為林十二少。」

金庸說：「人生就是大鬧一場，然後悄然離去。」林清玄則說：「人生不必急水沸騰，只需心如止水，在不經意間離去。」

不一樣的經歷，不一樣的性情，卻有一樣豁達的人生：一個用武術俠義解釋江湖，一個用文學禪意品讀生命。

清瘦的面龐，溫和的微笑，標誌性的稀疏長髮，台灣著名作家林清玄的謙卑和超脫，一如他的作品，讓人印象深刻。

（二）

二〇一四年四月，林清玄蒞臨常州公開課，先說金庸，後說自己。現場聽眾問林清玄：「在金庸的武俠世界裡，你最像哪一個人物？」林清玄毫不猶豫地回答：「我最像楊過。」「因為長得帥嗎？」「不是，是因為我和他一樣有情有義。」

金庸說「英雄不問出身」，林清玄何嘗不是如此。台灣島內一流的文化名人，居然生於目不識丁的農家。父親，一身汗兩腳泥，是地地道道的鄉巴佬兒；母親，在日踞年代倒是念到了中學，「二戰」一來只能輟學。她酷愛文藝，常翻翻街頭出售的通俗讀物，《文藝春秋》那樣的雜誌，使這個鄉下女人增進了一點文化上的見識。恰恰是這個機緣，給少年林清玄的創作打開了一扇方便之門。

由於家貧，留在家鄉沒有發展空間，經濟來源非常有限，林家兄姊都是在很年輕的時候就出外謀生。林清玄十四歲那年也離家到遠方求學。

十四歲至十八歲，林清玄住在台南，在傍海的瀛海中學讀高中，從學校跑到海邊只要半個小時。林清玄一邊求學一邊寫作，以投稿賺取生活費。沒錢生活時，常幫漁民出海捕魚、種蚵，甚至幫人在碼頭搬貨，在屠宰場殺猪。十七歲時，在當時影響力頗大的報紙上發表《行遊札記十帖》，連載十天的頭條，一時轟動，得到三千元台幣稿費。

家裡窮，沒有桌子，他就趴在供桌上寫文章。母親問：「你寫辛酸呢，還是寫趣味？」他回答，兼而有之。母親關照他：「有趣的東西，你多寫一點，與別人分享；辛酸的，你就少寫一點，留給自己晚上回房間哭就行了。人生已經夠苦了，讀者讀你的文章，應該得到安慰、啟發和提升……」這句話讓林清玄終生受用。

一九七二年，林清玄考上世新大學電影系，到台北學習。在大學期間，林清玄非常活躍，創辦《電影學報》並任社長，創辦《奔流》雜誌任總編輯，創辦《新聞人》周報擔任總主筆。

這年，蔣經國正式接班擔任台灣地區行政管理機構負責人，終於決定一改嚴格管制作風，改以懷柔面對各方挑戰，在內部，他採取「吹台青」的用人方式，吸納台籍青年學者大量進入國民黨政府為接班做準備，對外也以開明的態度，企圖營造新的形象。

金庸意外地在一篇社評中，稱許小蔣起用了不少台灣本省人的新氣象值得讚揚。或許這篇文章起了作用，讓蔣經國認為可以進一步爭取海外文人的支持，在這股懷柔氣氛中，一九七三年四月十八日，金庸應國民黨海外工作組之邀，第一次登上台灣島，進行十天的訪問。當時金庸已完成封筆之作《鹿鼎記》，等於十七年間完成了十五部經典小說，但他所有武俠小說在台灣全數被禁，沒有任何例外，但也就在這種矛盾氣氛下，他以記者身分翩然來台與蔣經國會面。

在台期間，金庸此行與蔣經國、蔣介石副手嚴家淦都有過深談，氣氛良好，尤其蔣經國和金庸都是浙江人，兩人以上海話交談，更談得津津有味。他也當面問嚴家淦，台灣是否會發展核武？嚴家淦則稱兩岸雖對立，但都是中國人，國民黨政府不會對中國人丟原子彈，所以要把預算放在發展經濟上，因此金庸對蔣經國的務實作風印象深刻，他甚至特准走訪了中南部鄉間、台北的大學和戰地金門。

一天，金庸做客世新大學「電影與藝術人生」講堂，從自身經歷的多個「轉彎」談起，和未來的電影人分享藝術創作心得和對生命的感悟。當天，林清玄以校刊記者的身份採訪了他。一則訪問記刊登在《電影學報》第三十七號上，直言稱讚《明報》的超然立場。他寫道：「台灣大學生的成長字典裡應該有『世界』這個詞，怎麼了解世界？閱讀和看電影。香港的《明報》可讓我們讀懂這個世界，香港武打電影可讓我們閱讀人生？只有一開始就播下種子，你才有辦法在閱讀世界裡打開眼界，變成心胸開闊的人。可憐的我們，讀不到《明報》，也少見香港的武打電影。」

大學畢業後，林清玄服兵役兩年，在軍中接到三張高薪聘書，他選擇了當時最能引領風潮的台灣《中國時報》任職，當海外版記者。

二十六歲時，林清玄與陳彩鸞結婚。但是，林清玄為應付台灣報紙激烈的競爭，生活忙碌，內心空虛，陳彩鸞卻無法與他進行精神上的溝通，琴瑟不諧。後來，陳彩鸞離家外出不知去向。林清玄和兒子只能以方便麵充飢，自己的家如此淒涼，林清玄心灰意冷。

三個月之後，林清玄辭掉了工作，上山隱居，像金庸小說中的居士那樣，暫別紅塵，閉關參禪，讀經悟心，以歡喜心過生活，以平常心生情味，以柔軟心除掛礙，開始走進佛教世界。

金庸在《神鵰俠侶》中這樣描述楊過：於三月初二抵達絕情谷，但見荊莽森森，空山寂寂，仍是毫無曾經有人到過的跡象，當下奔到斷腸崖前，走過石壁，撫着石壁上小龍女用劍尖劃下的字跡，手指嵌入每個字的筆劃之中，一筆一劃的將石縫中的青苔揩去，那兩行大字小字顯了出來。他輕輕念道：「小龍女書囑夫君楊郎，珍重萬千，務求相聚。」一顆心不自禁怦怦跳動。這一日中，他便如此癡癡地望着那兩行字發呆，當晚繩索雙樹而睡。這般苦苦等候了五日，已到三月初七，他已兩日兩夜未曾交睫入睡，到了這日，更是不離斷腸崖半步，自晨至午，更自午至夕，每當風動樹梢，花落林中，心中便是一跳，躍起來四下裡搜尋觀望，卻哪裡有小龍女的影蹤？

三年後，林清玄重返紅塵。就在林清玄以為自己看破七情六欲的時候，他遇見了方淳珍。

在一個雨天之後，他和陳彩鸞離婚。一九九七年，林清玄娶了年輕貌美的方淳珍。

頓時，謠言滿天飛，有人大罵他是「偽君子」，有人說他「說一套，做一套」，甚至有人當眾燒書抗議。

事實上，陳彩鸞和方淳珍私交很好，平時她們相約喝茶、聊天，方淳珍還會為林清玄和陳彩鸞已經長大的兒子買電影票，約女朋友。當事的三人，早已相逢一笑不談過去，林清玄對方淳珍說：「在脆弱中堅強才是真正的強健和堅忍，時間才是評價一個作家作品好壞的最公正的法官。」

林清玄對於初戀的描寫感動過很多女子，「把初戀的溫馨用一個精緻的琉璃盒子盛裝，等到青春過盡垂垂老矣的時候，掀開盒蓋，撲面一股熱流，足以使我們老懷堪慰」。他稱呼妻子方淳珍為他的小龍女，慶幸遇見了她。

傳說在北極的人因為天寒地凍，一開口說話就結成冰雪，對方聽不見，只好回家慢慢烤來聽，遇到談情說愛，先用情詩情詞裁冰，切成細細的碎片，加上酒來煮，如果失戀，就一把大火燒了，燒成另一個春天。」這是林清玄在《寒梅煮雪》中的一段文字，極有意境。他說，他是受了《神鵰俠侶》中楊過與小龍女十年生死兩茫茫的啟發而寫出來的。

四十歲時，林清玄完成了「菩提系列」，暢銷數百萬冊，是當代最具影響力的書之一。同時創作「現代佛典系列」，帶動佛教文學，掀起學佛熱潮，獲頒傑出孝子獎。

（二）

林清玄在《中國時報》任職十年，從記者、主任到總編輯。當年，《中國時報》和《聯合報》在台灣報業市場上可是獨領風騷。

早年的編輯經歷，使得林清玄認識了許多優秀的作家朋友，在香港的文學圈子裡，金庸、蔡瀾都是他的摯友，林清玄常常以編輯身份向作家好友們約稿。

台灣地區行政當局戒嚴時期，最大的情治機構下令執行「暴雨專案」，專門查禁「共匪武俠小說」，金庸作品也在名單中。由於作品被禁，金庸小說只能在島內偷偷流行，出版商也改頭換面進行盜印，不僅作品改名，甚至書中主角都要改名。

林清玄在一篇呼籲開禁的編後記裡寫道：「金庸寫武俠實屬偶然，但他的生花筆卻讓偶然成為傳奇。凡是有華人的地方都看得到金庸小說的影子，衍生的影視作品更不可勝數，堪稱當代華人文化經典，從文字到影像，從實體到虛擬，深深影響了不同世代的閱聽者。金庸小說裡主要角色，無論郭靖、黃蓉、楊過、小龍女、令狐沖、東方不敗，都成為華人朗朗上口的個性典型。台灣政界、社會、文藝圈隱藏眾多金學愛好者，俠之大者郭靖、笑傲江湖的令狐沖，甚至武功蓋世的張無忌，都有人以此自況。」他例舉道，馬英九因為個性正直敦厚，常有人稱他為政壇郭靖，金庸也曾托人贈他一本《倚天屠龍記》，題上「英雄創業九千年，長為兩岸謀久安」，讓馬英九頗為驚喜。台大校長管中閔被民進黨卡關，遲遲不讓他上任，他以《倚天屠龍記》裡九陽真經口訣「他強任他強、清風拂山崗；他橫任他橫、明月照大江」，形容自己的心境。足見金庸小說對台灣社會的影響力。

他表示不解：「但就是這樣優秀的大宗師，作品影響力如此深遠，在台灣卻被禁三十年之久，當然是因為金庸在左派、右派立場一度與國民黨互不兼容，甚至小說與社評對國民黨與蔣介石語多批評譏諷之故。同時包裹在武俠與恩怨情仇的外表之下，金庸小說更堪稱當代政治影射作品的上乘之作。」

雖然金庸小說還是禁書，但已經賣翻了。時任遠景出版社負責人的沈登恩看到了這龐大商機，加上他也是金庸書迷，因此從一九七七年開始運作，與台灣「新聞局」不斷溝通，積極爭取金庸作品解禁。終於在一九七九年九月，沈登恩得到一紙公文「尚未發現不妥之處」而獲批出版，金庸武俠小說開始火遍台灣，成為「當紅炸子雞」（林清玄語）。隨之而來的是，台灣影視圈蠢蠢欲動，引進、翻拍金庸武俠作品。

這當兒，金庸再訪台灣。一九七九年十一月十六日晚，在導演白景瑞家中舉行座談會，邀請了台灣電影界的導演、編劇、演員、影評人、配音人和出版界朋友，與金庸議談電影。除沈登恩和林清玄外，還有白景瑞、林青霞、胡慧中、高信疆等十六人。從《射鵰英雄傳》的劇本創作，聊到「武俠小說與偵探小說的同異」，從「電影體系的類型」聊到「台港國語片的特點」，從「演戲和對話」聊到「影劇界與新聞界的互動」。一直聊到凌晨，因為金庸返港要趕早上的飛機才散會告辭。林清玄將談話記錄整理成《大俠金庸爐邊談影》一文，刊登於香港《明報》和台灣《時報周刊》。

一九八〇年代，台灣掀起了金庸劇熱潮，《中國時報》是竭力推動者。在林清玄的遊說下，金牌製作人周游和導演丈夫李朝永找來了「不老女神」潘迎紫、孟飛拍《神鵰俠侶》，在台灣紅透半天邊。

頗有生意頭腦的沈登恩與台灣《聯合報》談妥合作，開始連載《連城訣》，這是金庸小說首度與台灣讀者見面。同為台灣三大報之一的《中國時報》不甘示弱，編輯部主任林清玄找到了沈登恩。第二天，《中國時報》副刊整版推出《倚天屠龍記》，配上大幅插畫，氣勢恢宏，一鳴驚人。結果，這場發佈金庸小說的比拼，儘管《聯合報》首發，卻還是讓《中國時報》勝了一籌。

兩大報同場較勁，坊間大為轟動，金庸小說頓時炙手可熱。儘管台灣在一九八七年、一九八八年才相繼解除「黨禁」、「報禁」，但文學作為社會傳感器中最敏銳的一環，早在七十年代末已經湧起思想變革的暗流。金庸小說的解禁，正是這個大時代中的一朵浪花。

沈登恩趁着這股熱潮，於一九八〇年推出遠景版全套金庸小說單行本，同樣立刻轟動全台，也成為金庸小說最暢銷的經典版本。只是其中《大漠英雄傳》（即《射鵰英雄傳》）與《雪山飛狐》仍未解禁，所以版權頁上沒有允許出版的執照。但是書照賣，林清玄一連寫了六篇書評，《中國時報》照登，台灣當局就當沒看見，也算是台灣出版史的一項創舉。

台灣於一九八七年七月十五日解嚴，不再對出版物進行管制，金庸最後一部禁書《射鵰英雄傳》才終止了長達三十年的禁書生涯，也不用再改名，終於在《中國時報》上連載了。這時，林清玄做了總編輯，頻繁往返於港台，在文化交流的活動中常與金庸相遇。《中國時報》成為連載金庸小說最多的報紙。

林清玄想到許多年前，讀的第一部金庸小說是《射鵰英雄傳》還是香港的版本，是香港朋友想盡辦法才夾帶進關的。讀金庸的小說像是讀魯迅的小說，由於被禁，讀起來既緊張又興奮。

金庸曾欣喜地對林清玄說，鄧小平與蔣經國都是他的忠實讀者。蔣經國雖未公開證實，但他的床頭經常放着一套金庸小說，媒體記者更稱他私下對金庸小說人物知之甚詳，足見金庸小說的魅力。

（三）

林清玄和金庸有一個共同的好友，就是古龍。

古龍未服兵役，不能出境，即便如此，他還是與相隔千裡的金庸成了朋友。金庸封筆後，為《明報》向古龍約稿，古龍寫下了《陸小鳳傳奇》。於是，宗師傳位，堪稱一段千古佳話。

當年，林清玄是報社副刊編輯，常常向古龍約稿。當時台灣稿費按行計算，古龍常常一個字佔一行，「十八個大漢跳下牆，咚，咚，咚，咚……」一連寫十幾個，每字一行，多賺不少銀子。一次，副刊連載古龍文章，本來說好一年結束，可古龍越寫越高興，愣是連載了八百多天，還不肯收尾。

林清玄佯怒，一個電話打過去，逼古龍「趕緊結束」。古龍反戈一擊，道：「沒辦法，我這小說裡一百多位主角，個個都有生命，我沒辦法控制他們的生命。」林清玄不甘示弱：「好，你沒辦法，那我幫你結束吧。」

林清玄自己寫了一個結尾：小說主角遍發武林帖，邀請了這一百多個武林人物到少林寺推選武林盟主。少林寺地下埋着炸藥，所有人全都炸死了。完。小說最後一句是：「從此，武林歸於平靜……」

古龍大怒，可惜木已成舟，但他另有報復妙法。他的一篇小說中出現一個人物，自小在武當山出家，偷雞摸狗，無惡不作，長大後奸淫擄掠，放火殺人，最後被砍掉腦袋，掛在武當山上，下場十分悲慘。更慘的是，這人的名字居然叫「清玄道長」。①

弄得林清玄哭笑不得，大發感慨：「千萬別得罪作家。」

後來，參加央視的一個青年演講時，林清玄將這件事當作玩笑一般講了出來。他一直覺得，像古龍這樣的天才，有一點傲氣也是在所難免的，自己若不是因為他這一點才傲之氣，或許還看不上他呢。

林清玄與古龍不僅「鬥文」，還「拼酒」。

古龍如同他筆下的李尋歡、胡鐵花、陸小鳳，自幼「落拓江湖載酒行」，生性嗜酒如命。「其實，我不是很愛喝酒的。」古龍說：「我愛的不是酒的味道，而是喝酒時的朋友，還有喝過了酒的氣氛和趣味，這種氣氛只有酒才能製造得出來！」而林清玄，一派仙風道骨，喜歡「溫一壺月光下酒」，於是便「酒逢知己千杯少」了。

林清玄去催稿，古龍說：「你不陪我喝酒，我就不給你寫。」林清玄被迫應戰，兩人「鬥酒千杯」，竟然不醉。兩人比不出酒量，就比喝酒速度。古龍將紹興黃酒倒在兩個盆子裡，一人一盆，別人

① 中央電視台《開講啦》，二〇一三年七月二十七日。

乾杯，他們「乾盆」。林清玄惜敗，不省人事。自此之後，林清玄幾乎每個禮拜都要與古龍鬥酒，縱酒狂歌。有一次，兩人醉酒，林清玄竟然抱住古龍的大頭邊拍邊喊：「再來一杯，再來一杯！」那時他到古龍家，總是走着進去，躺着出來，大醉一天。

有一次泡溫泉，林清玄見他身上有大大小小數十個刀疤，那是因為古龍年輕時在黑社會混過，因而非常重義氣。古龍愛酒，但他一點都不吝嗇，朋友來了，都把好酒拿出來。

在《不放逸的生活》一文中，林清玄回憶了他和古龍在一起喝酒的日子：

我們坐在日影西斜的暮色裡，一起回憶着我們年輕的時候，那時為所謂的豪情所驅，每次會面一定是大醉狂歌而歸，有時候一夜就喝掉十幾瓶上好的白蘭地。

有一回，光是我們兩人對飲，一夜就喝掉六瓶XO，喝到眼睛不能對焦了，人在酒台一仰身就睡昏了過去。想起來，那已是八年前的舊事，那年我二十三歲，古大俠四十歲。

金庸對此評點：十幾瓶上好的白蘭地和六瓶XO，想必是遇到了知己和好酒，一定要喝個痛快。這句「古大俠」叫的，真是萬丈豪情了！

後來，古龍因縱酒過度而患病，只好戒酒。林清玄去看他，古龍送給他一幅字：「陌上花發可以緩緩醉矣」，黯然道：「今後要少喝酒。」見老友如此，林清玄滋味百般，蓋世英雄竟靠打點滴過日子，禁不住滿腹心酸。

古龍不飲酒後，林清玄也不再飲酒。古龍不飲酒因為喝酒吐血，關乎生死；而林清玄不飲酒，卻是因為大俠凋零，內心寂寞。①

林清玄讀金庸小說，也喜歡古龍小說。他發現，古龍作品裡的句子都很短，這是因為嗜酒造成的，他在寫作時常處於清醒與迷醉之間。他的一些名篇，如《流星・蝴蝶・劍》、《天涯・明月・刀》都是在酒醉狀態下寫成的。

自從金庸和倪匡進入台灣後，古龍這個台灣武俠小說大家，努力尋求新的突破，陸續完成了幾個短篇小說，病後還對林清玄說：「我希望至少能再活五年的時間，讓我把大武俠時代寫完，我相信這會是提升武俠小說地位的作品，也會是我的代表作之一。」如《獵鷹》和《群狐》就是他頗為滿意的作品。

金庸覺得古龍是個不太容易交朋友的人，因為他很直爽，有時容易嚇到別人，而且他實在很羅曼蒂克。他驚異於林清玄，「他激烈而豪爽，你溫和而安靜，能夠成為朋友是有趣的，不簡單」。

林清玄不僅喜歡跟古龍喝酒，他還想跟金庸筆下的喬峰喝酒，「就像我讀金庸小說，恨不得

① 林清玄《古龍的最後境界和願望》，載《不看，是一種自在》，九州出版社，二〇一七。

與那喬峰做朋友，痛飲一天一夜」，林清玄對大俠式人物的喜愛，讓人相信，在大眾都熟知的林清玄禪意、從容、智慧的外表下，他的內心一定住着一個英雄。

（四）

二十一世紀初，林清玄回到祖籍福建省漳浦縣，在那裡找到林氏族譜。作為遷台第十一代的他，在老房子的古井前，想像着先祖背井離鄉出去尋找新天地的情景。這讓他聯想到自己的人生也在不斷離開、不斷進入新天地：少年時離開出生地高雄，先到台南，青年時到台北，中年時頻繁往返兩岸作了上千次演講。他講人生，講寫作，也講金庸小說。

林清玄的演講，沒有固定模式。給小學生講語文寫作，主題叫「一頭大象長了蝴蝶的翅膀」。他希望孩子們用嶄新的思想來寫作，讓古典文學這頭沉重的大象輕舞飛揚。他希望孩子們不要那麼世俗，不要那麼功利，不要那麼灰暗，而是從小有強健的心靈，要有金庸小說中的大俠大義。面對廣東富士康工廠員工，林清玄講「從人生的最底層出發」。他舉自己和古人為例，「三百多年來，家裡人都是農夫，我是第一個文化人。歷史上，慧能、玄奘、陸羽等很多人，都是從人生最底層出發。但他們都很努力地生活，變成了影響世界的人物。寫小說也能影響世界，影響歷史進程，金庸就是。」

一年往返兩岸十多次，去過大陸三百多個城市，林清玄因出版、演講、援建希望小學等活動和大陸的藝術界人士有着親密接觸，和很多作家都成了要好的朋友。

二〇〇一年，金庸到訪台灣。林清玄與他晤談，其中有一問：「葵花寶典（辟邪劍法）和獨孤九劍相較，哪個更強？」

金庸答道：「應該是獨孤九劍會贏吧！」

林清玄又問：「你的小說裡面誰的武功修為最高？」

金庸答：「這個很難說，不過創武功的人永遠比學武功的人厲害，應該有三個人吧，可以說不分上下，如果非得選一個的話，應該是獨孤求敗吧！」

二〇〇九年，重慶大學為了推動金庸小說的研究，由出版社結集出版「金學」系列叢書，名為「金庸茶館」，林清玄是「金庸茶館」的常客。

一日，林清玄被兒子拉去看徐克導演的《東方不敗》，兒子是徐克迷，凡是徐克的電影都要去看。林清玄去看「東方不敗」則是對金庸的興趣大過徐克。

看完《東方不敗》之後，心裡頗有一些迷思，覺得金庸的小說還是比徐克的電影要有人文精神。

在金庸小說裡，除了「東方不敗」，還有一位「獨孤求敗」令人印象深刻，獨孤求敗因為武功太高了，從來沒有失敗過，使他非常痛苦，到處去與人比武，求敗而不可得，一生為此而終日鬱鬱，失敗對他來講竟是如此珍貴，聽到天下有武功高的人，甚至願意奔行千里，去求得一敗。

「一生得不到失敗，竟是最大的失敗」，這是金庸為獨孤求敗賦予的寓意，我們生命歷程的失敗近在眼前，往往避之唯恐不及，獨孤求敗的失敗則遠在千里，求之而不可得之。

「我想到，最好的人生是五味俱全，有苦有樂、有淚有笑、有愛有恨、有生有死、有低吟有狂歌、有振臂千仞之剛也有獨愴然而淚下，酸、甜、苦、辣、鹹，此起彼落。想一想，如果面對一桌沒有調味的菜餚，又如何會有深沉的滋味呢？永不失敗的生命與永遠在求取失敗的生命一樣，都將走入偏邪的困局，東方不敗與獨孤求敗正是如此。」①

二〇一五年參加兩岸筆會時，林清玄接受了新華社記者的專訪，就自己的文學創作生涯和情感生活向記者敞開心扉。

「我一年中有半年在大陸，走過很多地方，碰到很多大陸的作家，每次去都有新的感動，這種感動是，我和這些作家是沒有什麼分別的。作為中華文化傳統下的作家，我們共同的理想就是

① 林清玄《東方不敗與孤獨求敗》，載《自心清淨，能斷煩惱》，長江文藝出版社，二〇一七。

去創作包容力更強的文化。」林清玄說。

由於受到佛教精神的影響，林清玄的散文往往充滿了禪意，體現出一種宗教情懷中的道德觀念，展現出佛學慈悲仁愛、普度眾生的特點，散發出濃濃的平民情懷及平等意識。正是這一點與金庸小說異曲同工，讀者往往將他倆擺在同一個大俠的位置上。正是由於這種立意情懷，林清玄的散文多描繪社會底層人物，如小職員、流浪者等。《有風格的小偷》就講述了林清玄無心寫了一篇關於一個小偷被警察抓到以後，述說偷東西手法和風格的評論性報道，竟使一個小偷在二十年後走向了光明的故事。不僅如此，他在創作散文的過程中，還將「忍讓」精神散佈其中，通過作品創作體現出感恩及知足的生活狀態，就這種狀態而言，是與金庸《天龍八部》裡佛家的超脫境界相互融合的。

因而，林清玄和金庸一樣成了暢銷書作家。他的作品曾多次被中國台灣、中國大陸、中國香港及新加坡選入中小學華語教本，也多次被選入大學國文選，是國際華文世界被廣泛閱讀的作家，得遍了台灣的所有文學大獎，被譽為「當代散文八大家」之一。

最後幾年裡，林清玄去北京、浙江，參加了幾次金庸小說研討會，去金庸的故鄉浙江海寧參觀金庸舊居、金庸書院。

在台灣，林清玄和金庸還有一個共同的好友，就是李敖。可是，李敖在參加一檔訪談節目時談起過金庸，開口罵他「偽善」。多年後，有人問林清玄：「李敖為什麼沒有罵過你？」林清玄幽默地回答說：「我覺得，被他罵是沾光了，因為他罵的都是上檔次的人。」他還說，李敖是金庸的朋友，還是很愛朋友的，做他的朋友很幸福。

林清玄的武俠世界可以說一直都是很多人的心結，他跟金庸在武俠小說界帶來的震撼絕對不止是一星半點的。有網友感嘆：「林清玄和金庸都走了，從此再也沒有武俠了，實在是太可惜了。願他們在天堂好好相會吧！」

「我讀《張居正》，迫不急待」
——歷史小說作家熊召政

他從小就做着詩人夢，稍長於舊體詩能出口成章。他於一九七九年發表政治抒情長詩《舉起森林一般的手，制止》震動文壇，獲優秀新詩獎。

他二十八歲成為專業作家，又下海經商，不久成為「商儒」。以後「十年不鳴，一鳴驚人」，推出四卷本長篇歷史小說《張居正》，第一位讀者是金庸。金庸曾經撰文《我讀張居正》，高度讚揚這本書。此書被譽為新時期長篇歷史小說的里程碑，摘得第六屆茅盾文學獎頭魁。

其實，在「以文弄潮，馳騁商海」方面，他與金庸一樣的出彩，收獲頗豐……

（一）

一九九九年七月間，金庸的助手潘耀明受邀到北京參加一次作家聚會，認識了剛剛從商海裡爬上岸來的湖北作家熊召政。

坐談會上，熊召政說，無論動筆寫什麼，他養成了一個習慣，就是都要身臨其境，只有切身感受了一事一地一物，他才下筆。兩個月前的清明節，他來到了位於荊州古城之內的張居正墓前。這裡荒草萋萋，一副衰敗景象。朋友告訴他，這墓在文化大革命中曾遭到破壞。他發誓今後一定要為重修張居正墓鼓與呼，讓人們記住我們歷史的先賢。此時，熊召政完成了《張居正》第一卷《木蘭歌》的初稿，共三十八萬字。

「你的書稿可否先給了我？如金庸小說一樣在《明報月刊》連載。」那時，潘耀明擔任香港《明報月刊》總編輯、明窗出版社社長，是金庸的得力助手。

潘耀明剛剛回到香港，熊召政的初稿隨後也到了明報月刊社。那時，金庸全身引退，打算寫長篇歷史小說。為此，他創辦了明河出版社，還要辦一份歷史文化雜誌，連載和出版自己的歷史小說。他讓潘耀明策劃雜誌和管理出版社。

捧讀着《張居正》第一卷《木蘭歌》的初稿，金庸如獲珍寶，不由得擊掌而起：「好書！好文筆！熊先生是何方人氏？」潘耀明聞聲而至，答道：「熊召政是英山人，和張居正是湖北同鄉。」然後細細數說此人身世——

熊召政於一九五三年十二月出生在湖北省英山縣溫泉鎮的一個木匠家庭。當他進入初中不久，那場史無前例的文化大革命就開始了。然而，熊召政並沒有像其他少年學生那樣去死心塌地地鬧革命，他卻偷偷地讀唐詩、宋詞、《三國演義》和《紅樓夢》……也就是從那個時候起，熊召政就將一顆執著的愛心獻給了文學！一九七四年，年僅二十歲稚氣未脫的熊召政，寫了一首長詩《獻給祖國的歌》，發表在《長江文藝》一期雜誌的頭條位置上，於是中國文壇上便開始出現了一副才華橫溢的年輕新面孔。

英山是一個老蘇區，屬著名的鄂豫皖革命根據地。解放前，僅英山一個縣就犧牲了七千位烈士。然而革命已經勝利幾十年了，那時英山的農民過的是什麼日子呢？因為窮，沒有飯吃，一九七七年的英山比毗鄰的安徽還窮。一九七九年八月下旬，熊召政去鄉下拜訪一個鄉村教師。遇見了一位農婦，這位農婦的丈夫因為在當年水庫建設中，只因為在家裡籌措柴草，耽擱了一天，後來被當作逃工的典型整死，還被打為反革命。而今，這位農婦四處奔走，要求給她丈夫平反，但當地領導誰也不管。為了度過春荒，他們把女兒送到安徽給人做媳婦，人家用秤稱，姑娘重六十斤，就換六十斤紅薯乾……①

此時此刻，熊召政想起了巴金，想起了雨果，想起了普希金……他要用詩歌把自己的憤怒之情表達出來，一氣呵成，寫了一首長詩《舉起森林一般的手，制止》。其中一段這樣寫道：如果

① 廖武洲《熊召政：文化强國的踐行者》，《人物》，二〇一七年第九期。

春天欺騙了大地／我相信花卉就會從此絕種／青松就會爛成齏粉！假如革命欺騙了人民／我相信人民大會堂就會倒塌／烈士紀念碑就會蒙塵……這首為民請命，充滿激情和血性的詩，引起人們的強烈共鳴，很快在全國各地傳播。一九八〇年五月份，這首詩讓熊召政在北京領取了全國首屆新詩獎，他立馬被調到湖北省作家協會當上了專業作家。那一年，他才二十八歲。

一九九二年年初，一則消息，讓湖北文壇震驚不已，那就是湖北省作家協會副主席、《長江文藝》雜誌副主編的熊召政「下海」了。那天，一家雜誌社通知熊召政去開筆會，由於沒有買上硬臥票，他索性托朋友去買一張軟臥。當時朋友開玩笑說，買軟臥只有廳級幹部才有資格，你一個專業作家連科級幹部都不是，買了報銷不了的，你要是商人就好了。

熊召政想，自已絕對不比那些做得出色的商人差到哪裡去。因為他是一個有文化的人。他還想，此時文人也有下海的，寫《靈與肉》、《綠化樹》、《牧馬人》的作家張賢亮不也下海了嗎？聽說他現在不僅賺到了錢，而且還開上了轎車。人家能我為何不能？

回到家裡，他把下海的想法跟妻子邱華講了。邱華問他：「你要經商幹什麼？你看我們現在的生活也算是小康了。如果我愛錢，當初找的就不是你。」熊召政卻有自已的理想：「現在的文化人也不能守着清貧裝清高呀，一個人只有經濟獨立了，人格才能夠獨立。」邱華說：「商場如戰場，你丟掉自己的專長去做一件你不熟悉的事，得不償失。」兩人誰也說服不了誰，邱華便說：「既然你下定了決心，只當是體驗生活吧！」於是，熊召政踏進了商海，當上了鄂州華容區紅蓮湖畔一家高爾夫球場的董事長。

正是有這位賢內助的支持，熊召政在商海裡才如魚得水，五年的商人生涯，他還成了令眾朋友佩服的「闊佬」。

「這個熊先生不簡單，我想見見他。」金庸對助手潘耀明說。

機會來了。二〇〇一年十二月中旬，金庸赴京參加中國作家協會第六次代表大會，熊召政特意安排了一個飯局，請金庸到一處小胡同裡吃了一頓厲家菜，同桌的人中有王蒙、金堅范等。

前些年，友人從香港購回《碧血劍》與《射鵰英雄傳》送給熊召政，他如獲至寶，廢寢忘食一口氣讀完。從此，凡能找到金庸作品，他都先睹為快。這次見面之前，熊召政備足功課，想向他討教小說創作的諸多問題，真的見上了面，才發覺他是一個謙謙君子，忠厚長者，不擅長篇大論，只說眼前的事，倒讓想問的問題一個也問不出來了。

還是金庸先開口：「張居正這本圖書雖是小說，但是比《萬曆十五年》這樣的學術文章，更加真實、更加接近事實。」

金庸問：「熊先生怎麼不做生意了，寫起了歷史小說？」

熊召政便說了一樁幾個月前的往事。一日有商界朋友請客，邀約了政界朋友老趙作陪。席間，老趙問熊召政，現在農村改革成功了，但城市改革剛剛開始，現在改革要從國企開刀，大批工人下崗，感到非常之難。「請問中國歷史上有沒有先例，如果有例子作為參照就好了。」

作為對歷史有廣泛涉獵的熊召政，他當即肯定地回答：「有，在中國古代，做得比較成功的改革家，第一位應該是明朝萬曆年間的首輔張居正。」張居正所處的那個時代，士族集團大量兼並土地，大批農民失去土地；軍隊開支龐大。當時張居正改革也遇到不少瓶頸問題，但他憑着自己的政治智慧很好地解決了這些瓶頸問題，如為了與少數民族和睦共處，建了當時的板升城，即現在的包頭市，開展邊貿，保證了邊境的安寧。「他領導的萬曆新政對當下的改革也許有借鑑意義。」

聽了熊召政的話，老趙說：「你趕快寫一部書出來啊，讓我們的改革有個參照。」說者無心，聽者有意，熊召政悄悄地回歸文學之路。

熊召政說，歷史小說有「古為今用」的作用，但不能以「古為今用」作為目標而寫小說，那有可能會牽強附會，勉強影射的作用。在文學上，「主題先行」的作風從來是不會成功的。要寫主題，就清楚明了，直截了當地寫一篇政治論文。

金庸說，早在七十年代，他就有過寫歷史小說的想法，那時他想寫「黑旗軍」——清末的一支地方武裝軍。如今，武俠小說他不寫了，打算寫一部《中國通史》。其實，國內過去的《中國通史》已經有不少人寫過，包括翦伯贊、范文瀾等大家寫的，寫得比較深奧，半文半白，許多讀者看不懂，難以普及。中國人必須了解自己國家的歷史。所以，自己打算寫一部通俗易懂的《中國通史》，用白話文寫，以講故事的形式寫，讓讀者輕鬆地讀歷史。

金庸話鋒一轉：「時下書店的《中國通史》和學校的歷史教材都把中國的歷史寫成階級鬥爭史，我要寫的《中國通史》是民族融合史。什麼時候搞階級鬥爭，中國就貧窮落後，國家的版圖就小；什麼時候搞民族融合，中國就富裕發達，國家的版圖就大。」

熊召政讚揚金庸的小說，不僅傳承了中國古典文學中的俠義傳統，同樣也傳承和發揚了歷史演義小說的傳統，習慣將故事情節融入到真實歷史事件發展脈絡中，同時將故事中的主人公置身於朝代更替、軍閥混戰或者外族入侵的亂世中，使人物和故事、家仇國恨，在這種矛盾非常激烈的環境中刻畫出世間百態和英雄情懷。「你的小說也是俠義忠膽的歷史小說。」

結識金庸以後，熊召政便經常去香港。每次去香港，只要金庸在，他總會邀請熊召政吃頓飯。

二〇〇二年春季的一天，「鏞記酒樓」的老板弄了一條很大的鰻魚，請金庸去品嘗。金庸請潘耀明和熊召政同行，那一次赴宴的都是香港的文化名人。①「燭中把酒談明史，案上分茶說宋詞」，熊召政和金庸以茶代酒，聊得十分投機。

席間，金庸問熊召政：「你怎麼看張居正這個人？」

熊召政答：「張居正是一個隱忍的人，一個實幹的人，一個把國家利益第一、政黨第二、個人利益第三的人。」

金庸又問：「你要寫張居正，這個念頭是怎麼萌發的？」

熊召政直言相告：「我原來是詩人，後來改寫歷史小說，歷史小說其實就是兩個字——史詩，融合最高境界的史詩就是歷史小說。我的憂患意識迫使我要帶着很多現實問題去思考中國的歷史，加上我本人又是一個對現實充滿激情的人，我改寫歷史小說便是早晚的事了。張居正是明代萬曆年間的一位名相，中國歷史上一個王安石式的改革家。他挽狂瀾於既倒，厲行改革多有建樹，使病入膏肓的朱明王朝有了垂名青史的「萬曆十年之治」。他生為人傑卻又生不逢時，他的帷幄運籌與席無暇暖的打拼，只能讓帝國抹上一層夕陽西下式的金輝。一棵近三百年的老樹在昏鴉亂飛的聒噪聲中訇然倒下了，張居正也陷入了人生悲劇的泥淖……他倡導並力推的這場流星一樣倏然

① 熊召政《我與金庸先生的交往》，《傳記文學》，二〇一八年第八期。

劃過歷史茫茫暗夜的改革，對時下中國參照意義，甚至遠遠超過歷史各個時期的朝代……」

聽了此話，金庸說，自己迫不及待要讀這本圖書了，「這部歷史小說中對明萬曆年間的官制、社會生活等考證得很詳細」，「讀時自愧不如，又很佩服」。

當年，《明報月刊》這樣評：「張居正是一個天才，生於紛繁複雜之亂世，身負絕學，他敢於改革，敢於創新，不懼風險，不怕威脅，是一個偉大的改革家，他獨斷專行，待人不善，生活奢侈，表裡不一，是個道德並不高尚的人。」

（二）

熊召政從生意場上燈紅酒綠的應酬中重新回到了裝滿線裝書和竹簡的書齋，自一九九七年起開始了四卷本長篇歷史小說《張居正》的創作。以高拱致仕還鄉、張居正升為首輔始，以其死後被清算終，恢弘巨作近一百五十萬字。

第一卷《木蘭歌》，講述的是張居正如何上位的事。開篇就說隆慶皇帝朱載垕貪念女色以及孌童、迷戀別人給他進貢的波斯美女，最終得花柳病，這在古代可是個不治之症，隆慶皇帝病急亂投醫，對江湖道士的話言聽計從，開始吃春藥，不出數月駕崩，臨死前遺命三位顧命大臣輔政，他們分別是大太監馮保、首輔高拱、次輔張居正。

第二卷《水龍吟》，寫的是張居正擔任首輔初期，推行新政，從他開始立志改革的第一天，注定了萬曆年間是大明王朝最發達的時期。圍繞兩件事展開：胡椒蘇木折俸、京察。

第三卷《金縷曲》說的是改革之艱難，圍繞織造、徵稅、棉衣、清田、奪情等事件鋪排開來。這一卷衝突較多，最精彩的是奪情事件。

第四卷《火鳳凰》，說的就是萬曆十年和十年後的事情。人人說張居正心狠手辣，那是對擋了他改革之宏圖大業之路的人。萬曆十年六月二十日，張居正，病重不治，離開了人世。張府緊掩的門縫中終於傳出了撕心裂肺的嚎叫。那一刻，從紫禁城到王朝的每個府縣衙門，整個大明帝國好像劇震了一下，所有人都覺得腳下猛地踩了個空。於是他們都屏住了呼吸，億萬道目光同時投向了那一片縞素的帝都上空。他的一生可以用生前顯耀，死後悲涼這句話去概況。

有人把這四卷編成一句詩，那就是木蘭歌罷水龍吟，金縷曲終火鳳凰，其中有金木水火，對應五行缺少「土」，作者似乎也有必有一番深意。

十年古卷青燈寫就的《張居正》一書，熊召政是花了其中一半時間來研究，一半時間用於寫作。為了很好地完成它，就是外出談生意時，他也總是將大量研究的史料和記得密密麻麻的筆記本一起帶在車上，以便於隨時工作。

二〇〇三年過完春節，金庸邀請熊召政來香港，商討出版的事。同時受到邀請的還有台灣老作家柏楊、張香華夫婦，台灣遠流出版社社長王榮文等。席間，大家暢談兩岸三地的歷史文學的寫作。其間，金庸鄭重向王榮文推薦了熊召政的歷史小說《張居正》。而在此之前，金庸讀完了《張居正》，並決定在他的明窗出版社出版。

第二天，熊召政前往金庸先生工作室拜訪。這次談得較多。金庸說，他正在修改《碧血劍》，並講到他的武俠小說，其實也是歷史小說。因為他虛構的那些人物，其實都活躍在一個真實的歷史時代中。某個特定的歷史事件，某個特定的歷史朝代，都會衍生出一段曲折離奇的故事。他雖然寫了那麼多令讀者喜愛的俠客武士，但他其實一點也不懂武術。

熊召政說：「我碰到一位武林中人，還是某個門派的掌門人，對書中寫到的降龍十八掌情有獨鍾，並言這就是他的門派的獨門秘籍。」金庸先生聽了笑了笑，緩緩言道：「這個降龍十八掌，其實是我編造的。」其編造卻成為武林中人奉為圭臬的秘籍，可見金庸對中國武術的認識與感悟何其獨到。因此，中國武術界都承認他的大宗師的地位。

金庸一再說，他愛好不多，讀書雖廣，但最愛的還是歷史書。他說：「《碧血劍》的修改中，多處涉及明史。因《張居正》亦是明史小說。」因此，他們的話題圍繞着明史。金庸問：「自張居正死後，萬曆皇帝為何竟四十年不上朝？萬曆皇帝是不是中國第一個抽『談巴菰』（即烟草）的人？李自成逃離北京撤退南方時，是否有過屠城的行為？《萬曆十五年》的作者黃仁宇將明朝的落後歸結為沒有用統計學的數據來管理國家，這觀點是否成立？」諸如此類，兩人探討的時間可不算短。

最後，就《張居正》的寫作，金庸問道：「民間有一些傳說，說張居正與萬曆皇帝的生母李太后有私情。作為小說，你可以寫，但你並沒有寫，你是出於什麼樣的考慮？」

熊召政答道：「這種傳說不足信，儘管有些地方戲曲拿張居正與李太后的艷情說事兒，甚至有『黑心宰相臥龍床』這樣的唱詞，但這是泄憤之語，缺乏根據。張居正同代人中有兩大政敵對他攻擊猶甚，一個是前任首輔高拱，一個是禮部侍郎王士禎。但是，無論是高拱的《病榻遺言》還是王士禎的《萬曆首輔傳》，都沒有片言只字提及此事。張居正是一個有遠大抱負的人，為實現他的萬曆新政，他竭力維護與李太后及馮保的關係，他決不會因小失大，對反對者提供口實。當然，不可否認張居正喜歡女色，但他以宰輔之尊，並不缺年輕貌美的尤物，他大可不必冒那麼大的政治風險去和李太后發展私情。在《張居正》寫作中，我若使用這些不真實的傳說，會降低作品的歷史品格。」①

熊召政寫《張居正》，注重了文化方面的三個真實。一是典章的真實。這個方面包括奏章，其中有高拱的《陳五事疏》、張居正的《陳六事疏》等。他把這些典章都掛在自己的書房裡。二是民俗風情的真實。他寫作之前，書房裡全都擺上了明朝的東西，如明朝的衣櫃、瓷器、線裝書等。三是文化的真實。熊召政說：「我的小說是文化歷史小說，我主要的任務是要復活文化的真實，不能有戲說的成份。」

金庸對此寫作態度很讚賞。臨分手時，他簽名送了一整套遠流出版社出版的印製精美的《金庸全集》給熊召政。

這樣，二〇〇三年八月，長江文藝出版社和香港、台灣三種版本的《張居正》相繼出版。一經問世，便獲得海內外讀者的一致好評，該書獲得湖北省政府圖書獎、首屆姚雪垠長篇歷史小說獎、還獲得湖北省第六屆屈原文藝獎，二〇〇五年全票通過獲得了第六屆茅盾文學獎第一名，並由中國電影集團和湖北電視台等單位聯合攝製42集電視劇《大明首輔張居正》，熊召政親自擔任編劇，於二〇〇七年攝製完成，同年獲全國「五個一工程獎」，譽為中國新時期長篇小說的里程碑。

① 熊召政《我與金庸先生的交往》，《傳記文學》，二〇一八年第八期。

二〇〇八年七月九日，金庸在《中華讀書報》上發表《我讀〈張居正〉》一文，其中有這樣幾段：「中國的歷史小說，張居正不能用打火機來點香烟，家裡不能開空調機，他雖注重法治、公道、反對大地主逃稅，但不能有馬克思思想。」

又說：「熊先生是英山人，和張居正是湖北同鄉。這部歷史小說中對明萬曆年間的官制、社會生活等考證得很詳細，我閱讀時自愧不如，又很佩服，我相信他做了很多調查研究的工作。和他會面時，我曾向熊先生討教關於李自成殺戮起義同伴的史實，以作為我修改《碧血劍》的根據。……《張居正》雖是小說，但比《萬曆十五年》這樣的學術文章，更加真實，更加接近事實。」

又說：「我欣賞《張居正》，因為作者選擇張居正這樣一個『實事求是』不顧個人成敗決心為了國家，反對特權，打擊豪強，堅持制度與法治的人物，來抒寫他的真實遭遇和感情，並不勉強將他推入現實的框子裡，影射現實、反映現實。只能用現實人物來反映現實，古人就是古人，真實地抒寫古人，就是很好的歷史小說。」這本書能帶我們全方位了解萬曆年間的社會生活的全景畫面，讀完後對那個時代有清醒的認識與反思；當然，更是塑造了張居正這位政治家的真實形象，他在國家危難時，用的血肉之軀、用自己一身忘死的決心，還有大刀闊斧的改革，游離在官吏、皇室的鬥爭中為大明王朝的壽命延緩爭取那麼一點時間。

茲後熊召政再次訪港，當面向金庸表達謝意，並邀請他訪問武當山。他對武當山也很嚮往，在其小說中，不少篇幅都寫到武當山。金庸回答說，適當的時候，他會上一次武當山。那時，到武當山既無高鐵，又無機場，從香港乘機到武漢，再換乘小車到武當，路上最快也得四個多小時，已屆八十高齡的他，確是有些困難。就因為這個原因金庸的武當之行一直未能如願。後來，去武當已有高鐵與飛機兩種選擇，可是年逾九旬的金庸，身體條件恐已不允可了。每念及此，熊召政不免心下悵然。

《張居正》獲得茅盾文學獎前後，熊召政曾兩次重謁張居正墓。在他第三次來時，張居正墓得以重修，而今，這裡成了荊州市一道靚麗的風景線。

（三）

新舊世紀交接之際，中國文壇突然出現一個「慧者」一個「智者」。

一九九九年十一月五日，《文匯報》以《不虞之譽和求全之毀》為題刊登金庸的來信，作為對王朔《我看金庸》一文的回應。「王朔先生發表在《中國青年報》上《我看金庸》一文，是對我小說的第一篇猛烈攻擊。我第一個反應是佛家的教導：必須『八風不動』，佛家的所謂『八風』，指利、衰、毀、譽、稱、譏、苦、樂，四順四逆一共八件事，順利成功是利，失敗是衰，別人背後誹謗是毀、背後讚美是譽，當面讚美是稱，當面詈罵攻擊是譏，痛苦是苦，快樂是樂。佛家教導說，應當修養到遇八風中任何一風時情緒都不為所動，這是很高的修養，我當然做不到。」

信佛的金庸在信末說道：「我很感謝許多讀者對我小說的喜愛與熱情。他們已經待我太好了，也就是說，上天已經待我太好了。既享受了這麼多幸福，偶然給人罵幾句，命中該有，不會不開心的。」

此言一出，中國文壇普遍讚譽金庸是「慧者」。

差不多同時，在中國作協，一些名家稱熊召政是一個「智者」。這個稱謂，來自於一次中國作協代表團訪問印度新德里大學。

二〇〇〇年初，熊召政隨中國作家代表團到印度進行訪問。在印度新德里大學坐談時，新德里大學一位研究哲學的教授，向代表團提了一個刁鑽的問題：「馬克思主義在全世界都遭到了失敗，惟獨你們中國還在堅持。你們認為，中國還能將馬克思主義堅持多久？」

這實在是一個很難回答的問題，在大家還沒有想好怎麼回答的時候，知識淵博、富於智慧的熊召政這樣說：「我是一個虔誠的佛教徒。我到印度來是為了尋找印度佛教，結果我非常失望。這個向全世界輸出了佛教文化的國度，佛教已經式微了。現在印度最大的宗教是印度教和伊斯蘭教。佛教人口在十三億人中只有九百萬。對於這個人口眾繁的國度來說，九百萬佛教徒實在太少了。我很奇怪，為什麼創造佛教的國度沒有延續它的輝煌？」

熊召政說到這裡，繼續引經據典：「大概在印度的阿育王時代，佛教傳入中國，至今已有兩千多年的歷史。這期間，特別是唐代之前，中國有不少高僧大德跋山涉水，萬里迢迢到印度取經。這些人中最著名的要數玄奘了。他終生的意願是要獲得印度佛教的真諦。不辭勞苦取回佛教典籍，並親自擔任翻譯工作。正是因為有無數的玄奘式的人物的努力，佛教終於在中國落地生根。到了晚唐，禪宗的出現，印度佛教基本上在中國已經本土化了。這種改造是水滴石穿的過程。因此，現在全世界認識的佛教多半是來自於中國。特別是唐代興起的禪宗，這似乎成為當代世界佛教的正脈。中國是佛教的二傳手，卻是佛教發揚光大的功臣。中國從引進佛教到輸出佛教，這在世界文化交流史上，是最為傑出的範例。教授先生所說的馬克思主義和佛教一樣，都是外來文化，都被中國人接受。這個接受的過程不會一帆風順。既然是外來的，總有一個水土不服的階段。中國人花八百年改造印度佛教，中國人一定也有耐心花八百年來改造來自德國的馬克思主義！這個過程非常漫長，不是我們一代人所能完成的，但是我們中國人有這種鍥而不舍的毅力，最終讓馬克思主義中國化、本土化。」

二〇〇〇年四月，「慧者」金庸在南京大學作演講《南京與中國的政治與文化》，話語中提到熊召政為之著書立傳的張居正。九月十日，金庸在杭州主持中國網絡界五大掌門「天堂硅谷峰會」，再說佛教之慧——「八風不動」。

「智者」熊召政自二〇〇三年以來，再孕力作《大金王朝》。

二〇〇六年秋，江南蟹正肥，金庸邀請熊召政和台灣的柏楊同赴香港，假座香格里拉大酒店款待，「智者」、「慧者」小酌而暢談中國歷史，有探究亦有切磋，「自信人生多快意，以文會友吐珠璣」。金庸在講述歷史時還涉及到佛教與道教的不少認識，讓熊召政深感一個武俠小說家的學問精深對其作品的影響。

二〇一四年十月十五日，習近平總書記在北京主持召開文藝工作座談會，當時習總書記對湖北省文聯主席熊召政說：「你的《張居正》我很愛看，希望你能創作出更多更好的作品。」熊召政回答：「我正在寫一部新的多卷本長篇小說，會比《張居正》更好。」習總書記說：「好，我等着看你的新作。」①

十四年古卷青燈，百萬字的長篇歷史小說《大金王朝》於二〇一七年寫完並出版，再一次轟

① 蔡震《熊召政完成歷史小說《大金王朝》第一卷》，《揚子晚報》，二〇一五年十月十六日。

動文壇。

為什麼想到要寫這段歷史，最吸引人的地方又在哪裡？熊召政說：「我們總是講中華民族，實際上說的都是漢民族，並沒有中華民族的概念。我就想怎樣解決中華民族的概念，岳飛抗金被稱為民族英雄，愛國主義精神就包括民族英雄，女真就是異族入侵，可《二十四史》又承認民族不可分割。歷史的價值觀是分裂的。」

問及和之前的《張居正》在寫法上有哪些改變，熊召政說：「當時想的這個題材年輕人不太喜歡，就用了中老年讀者喜歡的章回體來寫的。這次更像現代小說一些。」談到寫作的難點，他說，困難在於，處理當時的語言、奏章、詩詞，怎樣和現代語相結合。「第一卷『北方的王者』主要用的東北話、燕京話多一點。《張居正》用的是書面、典雅的語言，這次用的是粗獷的語言。」

如果說《張居正》能給當今改革以啟示，那麼《大金王朝》帶給當今的將是啟示和警示並重。

二〇一八年十一月，熊召政作詩四首懷念摯友金庸，其中一首吟道：「倏然十六年前事，猶憶香江初見時。鏞記樓前花若蝶，油麻地上雨如絲。燭中把酒談明史，案上分茶說宋詞。舊事前塵斟酌處，奇楠燃盡惹愁思。」

跋

一口氣同時出幾部書，是需要才情的，蔣連根老師有此才情，可貴，我更佩服的是他的研究苦功夫。

我說的是蔣老師幾十年做記者的耕耘和在定性研究上的造詣。蔣老師的書，是紮紮實實的二十年定性研究（qualitative research）。通過深度訪談（In-depth Interview），通過滾雪球抽樣調查（snow ball sampling method），此書所展示的是他厚積薄發的幾十年所獲，是他深入瞭解金庸的不為人知的另一面真實人生。

滾雪球調查是一種定性研究的創新型方式。主要是通過社會關係的連結點，層層接近可以接觸到的核心調查人物圈。很多歐美社會學家和社會研究如今都很尊崇這種方式。可惜曲高和寡，這種通過層層接觸核心研究人物方法非常費時實力，而且需要機緣巧合。

從二十世紀八十年代開始，蔣老師不辭辛勞，通過做記者的人際圈子和在出版界的合作夥伴，一位一位地聯繫調查，一點一點地收集積累，如今寫書出版了他調查研究而收穫的故事。在《金庸自個兒的江湖》（香港繁體足本增訂版《金庸的江湖師友》）一書中，可見他調查之細緻，積累之詳實厚重。

通過金庸與家鄉的聯繫和身為記者的採訪便利，他直接對話金庸，從未止步於此，還在世界各處尤其兩岸三地，尋找到金庸的弟妹、兒女、朋友、親戚、秘書，與他們深度交流，訪談，收集資料。受訪人物之眾，體現了此書的價值所在。

訪談的方法之外，蔣老師還進行了田野調查。他走訪了金庸在海寧的老宅，也踏足了金庸更深沉的婺源老家，去考察去觀察去和金庸故里族人一起體驗金庸的過去。

蔣老師的書是一份深度定性研究報告，是基於多元材料的可信賴有價值的研究。他做到了三角證實（triangulation）。他的定性研究方法而言，是多樣的，是豐富的，是創造的，值得每一位定性研究人員學習。

他的常用方法包括了member checking（每次寫作金庸事蹟，都要通過無數金庸身邊的人認可，成書以後把書寄給金庸進行member checking看金庸是否認可），research resource triangulation（研究資料三角剖分），interviews（訪談，電話，走訪訪談，書信訪談等），field notes（蔣老師曬過筆記），memo（寫作分析），documents（各種報章文書，文字資料），art facts（各種檔文物物品，如他所拍攝的照片，人物走訪手機的藝術品資料等）。

如果能夠收集到這些第一手資料，蔣老師一定有很多很多心得。任何定性研究者都沒有「定型」的方法。在於研究者本身的智慧、堅持、忍耐、毅力、變通、巧妙、靈活等等。或許，記者的身份和經驗給了蔣老師開始的契機，但是能夠最後成書，其中辛苦不言而喻！

我看了蔣老師這些年分享的資料和寫作歷程，覺得雖然在中國，定性，也叫質性研究（qualitative research）年會才開第四屆。其實這種研究方法早就已經被蔣老師深度採用在此二書的成書過程之中，遠超歐美社會類研究者的二三年的粗調研。

最後，本書是蔣老師跨躍兩個世紀的「舊學」「新作」。他說這部書叫《金庸自個兒的江湖》（香港繁體足本增訂版《金庸的江湖師友》）。

黃婷

於美國明尼蘇達雙城大學

二〇一九年年十二月三日

（黃婷，旅美博士，畢業於美國愛荷華大學和羅徹斯特大學。現任教於美國明尼蘇達雙城大學，研究方向多元，主要為定性研究、種族歧視研究、中文教育、社會文化理論、古典文獻等。）

心一堂金庸學研究叢書

《金庸武俠史記〈射鵰編〉三版變遷全紀錄》 王怡仁
《金庸武俠史記〈神鵰編〉三版變遷全紀錄》 王怡仁
《金庸武俠史記〈倚天編〉三版變遷全紀錄》 王怡仁
《金庸武俠史記〈天龍編〉三版變遷全紀錄》 王怡仁
《金庸武俠史記〈笑傲編〉三版變遷全紀錄》 王怡仁
《金庸武俠史記〈鹿鼎編〉三版變遷全紀錄》 王怡仁
《金庸群俠身心靈診療室——蝴蝶谷半仙給俠士俠女的七十七張身心靈處方箋》 王怡仁
《金庸武俠史記〈書劍編〉〈碧血編〉——探尋金庸的修訂心路》 辛先軍
《金庸武俠史記〈白・雪・飛・鴛・越・俠・連〉編——探尋金庸的修訂心路》 辛先軍
《金庸商管學——武俠商道(一)基礎篇》 歐懷琳
《金庸商管學——武俠商道(二)成道篇》 歐懷琳
《金庸小說中的佛理》 鄺萬禾

《金庸的江湖師友——作家良朋篇》（足本增訂版） 蔣連根
《金庸的江湖師友——師友同業篇》（足本增訂版） 蔣連根
《金庸的江湖師友——學界通人篇》（足本增訂版） 蔣連根
《金庸的江湖師友——明教精英篇》（足本增訂版） 蔣連根
《金庸的江湖師友——金學群豪篇》（足本增訂版） 蔣連根